Stonehenge

Barbara Wegener

Stonehenge

Bibliografische Information der Deutschen Nationalbibliothek:
Die Deutsche Nationalbibliothek verzeichnet diese Publikation in der Deutschen Nationalbibliografie; detaillierte bibliografische Daten sind im Internet über http://dnb.dnb.de abrufbar.

Illustration: fotolia.de

Herstellung und Verlag: BoD – Books on Demand, Norderstedt

ISBN: 978-3-7357-6186-6

Sie ist die, die war,
sie ist die, die sein wird,
sie ist die, die gibt,
sie ist die, die nimmt

Prolog

Langsam, aber unaufhaltsam zog die Wolke ihre Bahn durch die Unendlichkeit des Universums. Seit Jahrmillionen folgte sie einer geheimnisvollen Bestimmung. Durch nichts ließ sie sich von ihrem Kurs abbringen, noch nicht einmal das gewaltige Zerren der Schwarzen Löcher forderte ihren Tribut. Entgegen allen Naturgesetzen gelang es ihr, sich immer wieder loszureißen, ohne auch nur im Geringsten an Umfang zu verlieren.

Die Bewohner eines kleinen Planeten, der geruhsam seine Bahn um eine durchschnittlich große Sonne zog, ahnten nichts von dem Unheil, das soeben ihr Sonnensystems erreichte und, wie durch die Kraft eines gigantischen Magneten, von ihrem blauen Erdball angezogen wurde. Sie gingen, wie gehabt, ihren täglichen Geschäften nach, liebten, hassten, halfen, stritten und niemand dachte daran, dass das Ende der Normalität so nah war.

Als die Wolke den kleinen Mond des Planeten erreicht hatte, wurde sie zum ersten Mal von seinen Bewohnern - sie nennen sich Menschen - entdeckt.

Sie richteten ihre Teleskope aus, stellten Berechnungen an, gaben kluge Vermutungen und

Ratschläge von sich, saßen an ihren Computern und telefonierten mit ihren Handys.

Und dann – Stille.

Wulf

Mit einem Fluch riss sie die Bettdecke zur Seite und sprang aus dem Bett. Sie hatte verschlafen. Ausgerechnet heute. Sie sollte um zwölf Uhr zu einem Vorstellungsgespräch erscheinen. Die Sonne stand schon ziemlich hoch am Himmel, es musste also fast Mittag sein. Eva sah auf ihren Wecker, aber das Display war schwarz. „Verdammt!", rief sie aufgebracht. „Das darf doch nicht wahr sein!" Sie blickte auf ihre Armbanduhr. Keiner der Zeiger bewegte sich. Sie waren um 2 Uhr stehen geblieben.

Eilig rannte sie ins Badezimmer und betätigte den Lichtschalter. Nichts. Seufzend tastete sie sich zum Waschbecken und drehte den Wasserhahn auf. Doch auch das Wasser lief nicht. Noch nicht einmal ein Gurgeln drang aus der Leitung.

Ein weiterer Fluch entfuhr ihren Lippen. Sie lief eilig zurück ins Schlafzimmer und zog sich an.

Natürlich hatte sie auch in der Küche keinen Strom. „Kein Kaffee", murmelte sie verzweifelt. „Ich brauche meinen Kaffee...!" Sie beschloss, auf dem Weg in die Stadt an einer Tankstelle zu halten und sich dort einen Coffee-To-Go zu holen.

Eva zog ihre Jacke über, griff sich ihre Tasche und verließ die Wohnung.

Auch der Aufzug funktionierte nicht. Aber sie hatte keine Zeit, sich darüber Gedanken zu machen. Sie musste sich beeilen. Sie brauchte den Job.

Ergeben wandte sie sich der Treppe zu und eilte die Stufen hinunter, öffnete die Haustür und lief zu ihrem grünen VW Polo, der auf dem Parkplatz direkt vor dem Haus stand.

Erstaunt stellte sie fest, dass der Parkplatz, trotz der späten Vormittagszeit, immer noch voller Fahrzeuge war. Einige Hausbewohner, sie sah ihre Nachbarin Claudia und deren zwei Kinder und noch weitere Personen, an deren Namen sie sich augenblicklich nicht erinnerte, standen neben ihren Fahrzeugen und unterhielten sich aufgeregt. Sie hatte es eilig und widerstand dem Wunsch mit ihnen über den ärgerlichen Stromausfall zu diskutieren. Bestimmt wetterten sie gerade über die unzuverlässigen Stromwerke und die hohen Preise, die sie für die nicht erbrachte Leistung verlangten.

Eva drückte auf die Fernbedienung, um die Autotür zu entriegeln. „Mist", entfuhr es ihr, als das übliche Klicken nicht zu hören war. Sie musste also die Tür per Hand aufschließen.

Mit einem Seufzen ließ sie sich auf dem Fahrersitz nieder, gurtete sich an und drehte den Zündschlüssel im Schloss.

Nichts. Der Wagen sprang nicht an.

Sie versuchte es wieder. Der Motor gab nicht einmal das leiseste Geräusch von sich.

Resigniert schloss Eva die Augen. Es war offensichtlich nicht ihr Tag.

Sie beschloss, den Bus in die Stadt zu nehmen. Wenn sie sich beeilte, würde sie es vielleicht noch zu ihrem Vorstellungsgespräch schaffen.

Hastig verließ sie das Fahrzeug.

„Mein Auto springt nicht an. Ich muss mich beeilen, damit ich noch den Bus erwische", rief sie Claudia zu, die ihr aufgeregt zuwinkte.

„Da wirst du kein Glück haben", antwortete Claudia zurück. „Aus irgendeinem Grund scheint nichts mehr zu funktionieren, was mit Elektrik oder Elektronik zu tun hat. Schau mal auf die Straße. Da fährt kein Auto. Und das um diese Uhrzeit."

Eva folgte ihrem Blick zur Hauptstraße. Tatsächlich. Außer einem Hund, der die Freiheit genoss, unbehelligt auf der sonst viel befahrenen

Straße herumzutollen, konnte sie nichts entdecken.

„Was ist hier los?" Fragend blickte sie Claudia an. „Ich habe keine Ahnung", antwortete diese. „Das Radio, das Fernsehen und das Internet funktionieren ja auch nicht. Niemand, den ich bisher gefragt habe, kann sich einen Reim darauf machen. Meine Uhr ist heute Nacht um zwei Uhr stehen geblieben. Es muss also um diese Uhrzeit alles ausgefallen sein." Nachdenklich sah Eva auf ihre eigene Armbanduhr. Auch sie war, wie sie bereits vorhin in ihrer Wohnung festgestellt hatte, um zwei Uhr stehen geblieben.

*

Wulf schlug die Seite des Buches, aus dem er vorgelesen hatte um, nahm einen großen Schluck Met aus dem Humpen, den der Wirt des Gasthofes vor ihn hingestellt hatte und sah sich seine Zuhörer an. Gespannte, erwartungsvolle Gesichter waren auf ihn gerichtet.

„Lies weiter, alter Mann", forderte der Wirt ihn auf. „Ich beköstige dich hier nicht, damit du dauernd Pausen machst, sondern damit du meine Gäste unterhältst."

Wulf rieb sich die müden Augen und las im trüben Schein der Kerze, die einen kleinen Lichtkegel in der ansonsten dämmerigen Gaststube bildete, weiter.

*

„Ich muss jetzt wirklich gehen. Gleich haben wir zwei Uhr und meine Eltern werden einen Aufstand machen, wenn sie wach werden und ich nicht in meinem Bett liege." Charly griff ihre Bücher, stopfte sie in ihre Tasche und stand auf.

Max seufzte. Seine Freundin hatte stundenlang versucht, ihm die Grundlagen der Kurvendiskussion beizubringen. Leider vergeblich.

„Soll ich dich nach Hause bringen? Es ist dunkel und ein junges Mädchen sollte um diese Uhrzeit nicht alleine auf der Straße sein", grinste er sie an. Charly lachte. „Bleib du mal lieber hier und leg dich schlafen, damit du morgen ausgeruht bist. Ich gebe nicht auf. Noch nie hat einer meiner Nachhilfeschüler versagt." Sie zog ihre Jacke über. „Die Straßenlaternen brennen und außerdem haben wir Vollmond. Schau mal aus dem Fenster. Ist ja nicht so, als wenn ich in stockfinsterer Nacht nach Hause gehe." Charly warf Max noch eine Kusshand zu und verließ die Wohnung.

Es war wirklich schon spät, oder früh, je nachdem, wie man die Sache betrachten wollte. Endlich kam der Aufzug. Charly trat in die enge, stickige Kabine und drückte den Knopf für das Erdgeschoss. Laut rumpelnd setzte sich der Aufzug in

Bewegung. In Gedanken war Charly bereits in ihrem Zimmer und lag in ihrem warmen, kuscheligen Bett, als der Aufzug mit einem plötzlichen Ruck stehen blieb und das Licht erlosch. Auch das laute Rauschen des Ventilators, das sie immer fürchterlich aufgeregt hatte, war nicht mehr zu hören.

Charly tastete sich zur Aufzugtür und drückte auf alle Knöpfe, die sie erfühlen konnte. Nichts geschah. „Hilfe! Hört mich jemand? Ich stecke im Aufzug fest!", schrie sie, wohl wissend, dass alle Menschen in dem riesigen Hochhaus in ihren Betten lagen und schliefen. Niemand würde sie so schnell retten. Sie konnte nur hoffen, dass irgendjemand früh zur Arbeit musste und den steckengebliebenen Aufzug bemerkte.

Also würde sie nicht in ihrem Bett liegen, wenn ihre Eltern aufwachten. Sie stellte sich schon auf ein großes Donnerwetter ein, wenn sie wieder daheim wäre. Den Konzertbesuch mit Max am Wochenende konnte sie dann wohl vergessen.

Unterdessen brachte Max die beiden Gläser, aus denen sie getrunken hatten, in die Küche und spülte sie schnell ab. Wenn seine Eltern morgen Vormittag vom Besuch seiner Großeltern heimkommen würden, sollte alles aufgeräumt sein.

Plötzlich erlosch das Licht in der Küche. Vor Schreck ließ Max beinahe die Gläser fallen, konnte sie aber gerade noch auf der Spüle abstellen. Er tastete sich vorwärts zum Flur. Hier betätigte er den Lichtschalter, doch nichts geschah. Der Flur blieb dunkel. „Scheiße!", sprach er seine Gedanken aus. „Die Sicherung ist wohl rausgeflogen." Die würde er aber erst morgen austauschen.

Plötzlich hörte er laut und deutlich die Stimme seiner Freundin.

„Hilfe! Hört mich jemand? Ich stecke im Aufzug fest!"

Max schüttelte den Kopf. Charly war bestimmt schon fast zuhause. Er konnte sie gar nicht hören. Selbst, wenn sie tatsächlich im Aufzug stecken geblieben wäre, hätte er sie nicht in dieser Lautstärke hören können. Er musste sich das nur eingebildet haben.

Max ging vorsichtig durch den vom Mond erhellten Flur zurück in sein Zimmer, um sich fürs Bett fertig zu machen.

„Hilfe! Hört mich jemand? Ich stecke im Aufzug fest!"

Laut und deutlich, so als wenn sie direkt neben ihm stehen würde, hörte er Charly rufen. Max lief zur Wohnungstür und riss sie auf.

„Charly?", rief er aufgeregt und es kümmerte ihn nicht, dass er möglicherweise die Nachbarn mit seinem Rufen wecken würde.

„Ich bin hier! Hier im Aufzug!", hörte er Charlys Stimme, nun etwas leiser aus dem Fahrstuhlschacht. „Ich stecke zwischen der zweiten und dritten Etage fest."

„Bleib ruhig. Ich hol den Hausmeister." Max lief die Treppen bis ins Erdgeschoss hinunter und drückte auf den Klingelknopf von Hubert Heim, dem Hausmeister dieses Hauses, doch es folgte nicht der übliche Westminsterklang, den Heim als Klingelton gewählt hatte. Max seufzte und klopfte nun laut an der Tür.

Doch der Hausmeister öffnete nicht. Stattdessen hörte er eine Stimme aus der ersten Etage. Er hatte Oma Weinhaupt geweckt. „Wer macht denn hier zu nachtschlafender Zeit solch einen Lärm? Wisst ihr überhaupt wie spät es ist? Gebt Ruhe, sonst hole ich die Polizei!", rief sie aufgebracht. „Oma Weinhaupt? Hier ist Max. Ich brauch den Hausmeister. Charly steckt im Aufzug fest", entschuldigte sich Max zu ihr gewandt.

„Der Hubert ist nicht da. Der ist doch seit gestern im Urlaub. Spanien, glaub ich. Als Hausmeister scheint man ja ordentlich zu verdienen", antwortete sie. „Da solltest du am besten die Feuerwehr rufen. Oder noch besser die Polizei. Die wissen bestimmt, was zu tun ist. Warte. Ich ruf mal an. Dann musst du nicht so weit hoch laufen."

Max hörte, wie sich ihre schlurfenden Schritte entfernten. Nach nur wenigen Augenblicken war sie zurück.

„Das Telefon geht nicht. Auch nicht das Handy, das Dörthe mir zum Geburtstag geschenkt hat. Ich versteh das nicht. Das Handy hat doch gar nichts mit unserem Sicherungskasten und mit dem Strom zu tun. Das funktioniert doch mit Batterien oder hab ich da was falsch verstanden? Immer dieser neumodische Kram", schimpfte sie aufgebracht.

Max lief die Treppe bis zur dritten Etage hoch und kniete sich vor die Aufzugtür.

„Charly? Hörst du mich? Der Hausmeister ist nicht da. Der Strom im gesamten Haus ist ausgefallen. Die Polizei kann ich nicht rufen. Das Telefon funktioniert nicht."

„Max, hol mich hier raus! Ich hab Angst!" Charlys Stimme hörte sich wie ein Wimmern an.

In seiner Verzweiflung zog und zerrte Max an den Aufzugtüren. Ihm war klar, dass er sie nicht öffnen konnte. Umso erstaunter war er, als er spürte, dass sich die Türen leicht zur Seite bewegt hatten. Max spürte eine enorme Kraft in sich wachsen. Er versuchte es noch einmal. Wieder ein Stück. Nun war der Spalt bereits so groß, dass er mit seinen Fingern hinein fassen konnte. Die Türen bewegten sich immer weiter und es fiel ihm immer leichter, sie auseinander zu drücken.

„Charly? Ganz ruhig. Versuch dich hochzuziehen. Warte. Hier sind meine Hände. Ja, gut so." Max zog seine Freundin Zentimeter für Zentimeter aus dem Fahrstuhlschacht. Ein letzter Ruck und sie saß vor ihm auf dem Flurboden. Erleichtert schloss er sie in seine Arme.

„Sag mal, machst du heimlich Kraftsport?" Charly sah ihn erstaunt an. „Also, ich hätte die Tür nicht aufbekommen."

„Du weißt, dass ich Handball spiele. Klar, hab ich da ein wenig Kraft, aber die Tür hätte ich normalerweise auch nicht öffnen können. Ich hab keine Ahnung, wie ich das gemacht hab. Es ging ganz einfach. Oma Weinhaupt?", rief er nach unten. „Können Sie kurz auf Charly aufpassen, damit ich meine Jacke holen kann? Ich werde sie nach Hause begleiten. Nach all dem, was grade passiert ist, sollte sie nicht alleine gehen."

Max begleitete seine Freundin zum Haus ihrer Eltern und wartete davor, bis sie die Haustür hinter sich geschlossen hatte.

*

Wulf blätterte die Seite des alten, zerlesenen Buches um. Er ging vorsichtig zu Werk, damit das brüchige Papier nicht noch mehr einriss. Die Kapuze seines braunen Umhangs war ihm vom Kopf gerutscht und gab ein uraltes, verwittertes Gesicht preis. Wulf nahm einen weiteren Schluck Met aus dem Humpen und las weiter.

*

Thomas und Daniel schlichen gebückt um die Tanksäule und beobachteten den Kassierer, der gelangweilt in einer Sportzeitung las. Um diese späte Nachtzeit rechnete er nicht mehr mit viel Kundschaft. Seufzend blickte er auf seine Uhr. Fast zwei. Noch vier Stunden bis seine Schicht vorbei war.

Er freute sich schon auf seinen Schlummertrunk, sein warmes Bett, in dem Ellen auf ihn wartete und auf den freien Tag, den sie gemeinsam verbringen wollten.

Er bemerkte die beiden vermummten Gestalten erst, als das Summen der elektrischen Schiebetür ihren Eintritt in die Verkaufshalle kundtat. Die Tür hatte er vor wenigen Minuten geöffnet, damit die Putzfrau den Raum betreten konnte. Normalerweise wurden die Kunden um diese Uhrzeit über den Nachtschalter bedient und die Tür war verschlossen. Da er aber viel zu bequem war, öffnete er die Schiebetür stets einige Minuten vor dem Eintreffen der Reinigungskraft. Wie gewohnt wollte er seine späten Kunden begrüßen, als ihn die Aufmachung der Beiden erstarren ließ. Ein Überfall. Das war nun schon der Dritte, den er miterleben musste. Sein Chef hatte Anweisung gegeben, sich in solchen Fällen nicht zu wehren, um die Verbrecher nicht gegen sich aufzubringen. Geld und Waren konnten ersetzt werden. Sie waren versichert und kein Menschenleben wert.

Schon richtete einer der Räuber eine Pistole auf ihn. „Scheiße!", fluchte der Kassierer verhalten und hob instinktiv die Hände. Mit dem nahen Feierabend war es wohl vorbei.

„Geld raus! Sofort!" Thomas bemühte sich seinen Kopf gesenkt zu halten, damit er von der Überwachungskamera nicht erfasst werden konnte. „Los! Wird's bald?" Er hielt dem Kassierer eine Plastiktüte vor das Gesicht. Daniel umrundete die Verkaufstheke und bediente sich an den dort ausgestellten Zigarettenstangen.

Der Kassierer öffnete ergeben die Registrierkasse, entnahm die wenigen Geldscheine, die sich um diese Zeit dort befanden, und legte sie in die Tüte. Thomas griff nach ihr, nahm sich noch ein Päckchen Kaugummi aus der Auslage, stopfte einige Zigarettenstangen, die Daniel ihm reichte zu dem Geld und drehte sich zur Tür.

Kaum war er zwei Schritte gegangen, erlosch das Licht im Verkaufsraum.

„Was hast du gemacht?", schrie Thomas wutentbrannt.

„Ich?" Der Kassierer, der immer noch mit erhobenen Händen hinter dem Tresen stand, sah ihn angsterfüllt an. „Ich hab nichts gemacht, verdammt noch mal.

Ich steh hier doch ganz ruhig."

„Das kannst du deiner Oma erzählen."

„Los, weg hier!", rief Thomas seinem Kumpan zu und beide beeilten sich zur Schiebetür zu gelangen. Die Tür ließ sich nicht öffnen. Wütend hämmerten beide mit ihren Fäusten gegen das Glas. Doch auch das nützte nichts.

Thomas drehte sich um und richtete die Waffe erneut auf den Kassierer.

„Mach das Scheißding auf!"

„Das kann ich nicht. Der Strom ist weg und ohne Strom ..."

„Erzähl nichts. Du hast die Bullen gerufen." Thomas panische Stimme überschlug sich. Die Waffe in seiner schweißnassen Hand wurde immer schwerer. *Der Kerl hatte irgendwie einen Alarm ausgelöst, aber, die würden ihn nicht erwischen!* dachte er und drückte ab.

Ungläubig starrte der Kassierer auf die Wunde in der Brust, aus der das Blut pulsierte. Sterbend glitt er zu Boden.

*

„Verdammter Mist! Wir müssen hier verschwinden. Es muss noch einen Hinterausgang
geben. Lass uns nachsehen." Daniel drehte sich
um und ging zurück zur Theke, hinter der er vorhin eine Tür bemerkt hatte. Doch Thomas rührte
sich nicht. Wie eine Statue stand er an der ver-
schlossenen Glastür, die Hände immer noch gehoben.

„Was ist los? Komm! Wir müssen hier verschwinden!", rief Daniel ihm zu, lief zur Schiebetür
zurück und versuchte seinen Freund an der Schulter herumzureißen. Vor Entsetzen starrte er
Thomas an. Der helle Vollmond beleuchtete das
Gesicht seines Freundes. Doch es war nicht mehr
dasselbe Gesicht. Ihm starrte eine Fratze entgegen, die einem Albtraum entstiegen sein könnte.
Die glatte, bartlose Haut hatte sich mit grünen,
glänzenden Schuppen überzogen. Die Nase war
fast gänzlich verschwunden und an ihre Stelle waren zwei Schlitze gerückt. Genau in diesem Augenblick verschwand Thomas Haar unter einem
dichten Schuppenpanzer.

Der Körper wurde breiter. Daniel hörte den
Stoff der Jeans reißen. Die Fetzen der Hose fielen
zu Boden. Thomas hatte zwar immer schon einen
athletischen Körper gehabt, nun aber waren die

Beinmuskeln auf unnatürliche Weise angewachsen. Die Haut verfärbte sich giftgrün und auch hier bildeten sich langsam aber stetig glänzende Schuppen.

Daniel wich einen Schritt zurück.

Nun zerriss auch Thomas graues Sweatshirt.

Nackt stand diese Kreatur des Grauens vor Daniel. Die Arme verkürzten sich, aus den Händen formten sich Klauen und um das Grauen noch zu steigern, bildete sich ein langer, dicker, schuppenüberzogener Schwanz.

Daniel konnte vor Entsetzen keinen Ton herausbringen. Er wich ein Stück zurück, den Blick starr auf das Monster gerichtet.

Dann gelang es ihm endlich, sich von dem grausigen Anblick loszureißen.

Die Kreatur hob ihre, mit messerscharfen Klauen versehenen Hände. Daniel drehte sich um und rannte durch die Regalreihen auf den Hinterausgang zu. Er rannte um sein Leben. Aber er hatte nicht den Hauch einer Chance. Eine Klaue bohrte sich in seine rechte Schulter und riss sie, mitsamt dem Arm, heraus.

Daniel schrie vor Entsetzen und Schmerz.

Dann war es plötzlich still.

Lediglich ein Schmatzen war zu hören, als die Kreatur Daniels Kehle durchbiss und sich hungrig über die Leiche hermachte.

Nach wenigen Minuten erhob sich das Monster von den Resten seiner grausigen Mahlzeit und stapfte in Richtung des Hinterausgangs, um die Tankstelle zu verlassen. Es bemerkte den vor Angst erstarrten Mann nicht, der sich hinter einer Säule versteckt hielt und die entsetzliche Szene beobachtet hatte. Dieser vergaß, dass er eigentlich um Hilfe für sein liegen gebliebenes Fahrzeug bitten wollte und rannte, nachdem das Monster aus dem Blickfeld verschwunden war, eilig davon.

*

„Dendrak!", rief einer der Zuhörer. „Das war eines der ersten Dendraks!"

Wulf nickte ihm müde zu. Ein eiskalter Schauer lief ihm über den Rücken, wenn er an die blutrünstigen Bestien dachte, die kurz nach der Sperrstunde die Straßen und Wege für die Grauen patrouillierten. Noch eine Geschichte hatte er aus dem alten Buch vorzulesen, dann war sein Vertrag mit dem Wirt erfüllt und die Rechnung für seine Unterkunft und Verpflegung beglichen. Er musste sich beeilen, damit die Gäste rechtzeitig ihre Unterkünfte erreichen.

Wulf blätterte erneut vorsichtig eine Seite weiter.

*

Katrin Meyer nahm das letzte Blatt aus dem Kopierer, kontrollierte noch einmal, ob der Schriftsatz richtig sortiert war und ging zurück zu ihrem Schreibtisch. Ihr Blick fiel auf ihre Armbanduhr. Halb Zwei in der Frühe. Und der Arbeitstag war noch nicht zu Ende. Seufzend legte sie den Schriftsatz, nebst der soeben gefertigten Kopien in die Unterschriftenmappe und hakte die Arbeit auf ihrer To-do-Liste ab. Sie hoffte, dass ihr Chef, der große Staranwalt Florian Kogge, nicht noch weitere Veränderungen vornehmen würde. Aber ihr war klar, dass es reines Wunschdenken war. Bisher war ihm immer noch das Eine oder Andere eingefallen, was ergänzt oder verändert werden musste.

Sie stand auf, nahm die Unterschriftenmappe, richtete ihr schwarzes Kostüm und verließ das Büro. Ein dichter Teppichflor verschluckte die Geräusche ihrer Schritte vollständig.

Vor der Bürotür ihres Arbeitgebers atmete sie noch einmal tief durch, bevor sie anklopfte. Kogge hasste es, gestört zu werden. In Gedanken machte sie sich bereits auf einen seiner Wutanfälle gefasst. „Was ist denn jetzt schon wieder?" Kogge war wie immer gereizt.

Katrin öffnete die Tür und betrat das gewaltige Büro. „Der Schriftsatz in der Strafsache Meingau. Sie wollten ihn sofort sehen, wenn er fertig geschrieben ist", antwortete sie eingeschüchtert. Sie arbeitete jetzt schon seit zwölf Jahren für Kogge, hatte sich aber an seine rücksichtslose und manchmal auch brutale Art nicht gewöhnen können.

„Geben Sie her." Kogge legte das Diktiergerät, in das er bis vor wenigen Augenblicken gesprochen hatte, vor sich auf den Schreibtisch und winkte sie ungeduldig zu sich.

Langsam blätterte er die zwanzig Seiten durch. Katrin wartete geduldig. Das hatte sie in all den Jahren gelernt – Geduld zu haben.

Kogge setzte gerade dazu an, ihr die erwartete Änderung zu diktieren, als es unvermittelt stockdunkel wurde.

Sowohl die Deckenstrahler, die in die weiße Vertäfelung eingelassen waren, als auch die elegante, chromfarbene Schreibtischlampe, versagten ihren Dienst.

„Das darf doch nicht wahr sein", polterte Kogge und versuchte mehrmals die Schreibtischlampe wieder in Gang zu bekommen. „Meyer, sehen Sie mal nach, was da los ist."

Katrins Augen hatten sich schnell an das Dämmerlicht im Zimmer gewöhnt. Das Licht des Vollmondes sorgte dafür, dass sie genug sehen konnte, um, ohne gegen Büromöbel oder die von Kogge so heiß geliebte und von ihm mitten im Raum platzierte Skulptur zu stoßen, relativ rasch den Lichtschalter neben der Tür zu erreichen. Nichts. „Ich werde es von meinem Büro aus versuchen", schlug Katrin vor. „Vielleicht kann ich von dort aus den Hausmeister erreichen."

„Na los! Machen Sie schon. Worauf warten Sie noch? Glauben Sie, ich habe Lust die ganze Nacht im Dunkeln zu sitzen? Ich habe zu arbeiten!"

Auch im Flur brannte kein Licht. Katrin tastete sich zu ihrer Bürotür. Weder Licht noch Telefon funktionierten. Selbst ihr Handy verweigerte den Dienst. Verwirrt schaute sie aus dem Fenster. In der ganzen Stadt war kein einziger Lichtschimmer zu sehen. Selbst die Straßen, auf denen um diese Zeit immer dichter Verkehr herrschte, lagen in völliger Dunkelheit.

Ein Geräusch ließ sie herumfahren.

„Was ist denn nun? Ich bezahle Sie doch nicht fürs Nichtstun."

„Herr Kogge. Es tut mir Leid, aber weder das Telefon noch mein Handy funktionieren. Sehen Sie selbst. In der gesamten Stadt scheint der Strom ausgefallen zu sein."

„Erzählen Sie keinen Unsinn. Der Akku des Handys hat nichts mit der Stromversorgung zu tun. Geben Sie mal her. Sie sind wohl einfach nur zu blöd, um zu telefonieren."

Katrin reichte ihm ihr Handy und verfolgte mit gemischten Gefühlen die Versuche ihres Chefs dieses in Gang zu bringen.

Trotz des dürftigen Lichts konnte sie erkennen, dass sich sein Gesicht immer dunkler färbte, als auch er keinen Erfolg hatte.

Mit einem wütenden Aufschrei warf er das Handy gegen die Fensterscheibe, die zwar nicht zerbarst, aber doch bedenklich bebte.

„Ich will, dass die verdammte Lampe angeht. Ich will Licht", schrie er aufgebracht. Katrin wünschte sich unsichtbar zu sein. Wenn Kogge einen seiner cholerischen Anfälle bekam, sollte man sich tunlichst nicht in seiner Nähe aufhalten.

Ihr Entsetzen wurde noch größer, als sie feststellte, dass Kogge plötzlich von innen zu leuchten begann. Seine gesamte Gestalt hob sich erst leicht vom dunklen Hintergrund ab, leuchtete immer stärker und einzelne Flammen züngelten an seinem Körper empor.

„Diese Kraft! Das ist unglaublich! Es fühlt sich an, als ob ich alles tun könnte." Er blickte auf seine immer stärker glühende Gestalt herab. Augenblicke später bestand er nur noch aus Flammen.

Katrin schwanden die Sinne.

Als sie wieder erwachte, fand sie sich alleine im immer noch dunklen Büro vor. Von Kogge fehlte jede Spur. Im Büro war es eiskalt. Als sie sich umblickte, bemerkte sie ein mannshohes Loch in der verrußten Fensterscheibe. Katrin blickte nach draußen. Der Chef wird doch nicht... Aber das war doch unmöglich. Das Büro befand sich in der zweiunddreißigsten Etage. Ein greller Lichtschein in der Ferne ließ sie dann aber erschauern. Eine hell leuchtende, brennende Gestalt flog auf die Randbezirke der Stadt zu und warf Flammenblitze auf Häuser und Autos, die augenblicklich explodierten.

*

„Diese Ereignisse, welche sich in jener schicksalhaften und die Welt für alle Zeiten verändernden Nacht zugetragen haben, habe ich notiert, damit die Nachwelt erfährt, was damals wirklich geschah und dass die Welt früher anders ausgesehen hat! - Wolfgang Ullmann." So beendete

Wulf seine Vorlesung und schloss behutsam das Buch, damit die brüchigen, vergilbten Seiten keinen Schaden nahmen.

„Was ist damals eigentlich geschehen? Warum haben sich einige Leute verwandelt und andere nicht?", fragte ein kleiner, dicker Mann, der Wulf am nächsten saß.

„Das kann ich nur vermuten", antwortete Wulf. „Die Menschen lebten früher auf eine andere Art. Sie hatten Maschinen, die ihnen Arbeit abnahmen. Von einem Augenblick auf den nächsten funktionierten sie nicht mehr. Aber einige Menschen verwandelten sich. Ich denke, dass bestimmte Eigenschaften bei ihnen dafür den Ausschlag gaben. Die, die schlecht waren, wurden Schwarzmagier und nannten sich dann „die Grauen", die, die gut waren, wurden zu Weißmagiern, den „Weißen". Und die, die besonders verdorben und brutal waren, wurden zu blutrünstigen Monstern, den „Dendraks"."

„Nun wird es aber wirklich Zeit für euch zu gehen", forderte der Wirt seine Gäste auf. Seine massige Gestalt erhob sich und schlurfte zur Tür. „Gleich ist Sperrstunde und Ihr wollt doch nicht den Dendraks in die Hände fallen."

Schnell leerte sich die Gaststube.

„Alter, Du kannst dein Lager hier vor dem Kamin aufschlagen. Maria, hilf mir die Läden zu schließen", rief er in Richtung Küche und eine junge Frau mit langen, braunen Haaren und sichtbar gewölbtem Bauch betrat den Raum und begann zusammen mit ihm die schweren Holzläden vor Fenster und Türen zu schieben.

Wulf versuchte sich nicht anmerken zu lassen, dass er mehr als ein normaler Gast um die junge Frau und ihr ungeborenes Kind besorgt war. Tatkräftig half er beim Schließen der Läden und nahm der Frau dabei den größten Teil der Last ab.

Dankbar lächelte sie.

„Wie lange wirst du bleiben? Es ist selten, dass jemand in unser Dorf kommt, der lesen kann. Meine Gäste sind begeistert. So voll wie heute, war die Gaststube schon lange nicht mehr." Der Wirt sah Wulf mit seinen großen, fragenden Blicken an. Alles an diesem Mann war überdimensional groß. Er überragte Wulf um mindestens einen Meter. Seine Frau wirkte neben ihm wie eine Zwergin.

„Nun, ein paar Tage kann ich wohl noch bleiben, wenn das Angebot über freie Kost und Logis weiter bestehen bleibt. Mich erwartet niemand." Nun, so ganz richtig war diese Aussage nicht. Er wurde erwartet. Sehnlichst erwartet. Aber zuvor hatte er noch eine Aufgabe zu erfüllen.

„Natürlich steht das Angebot noch." Die Mundwinkel des Wirtes hoben sich zu einem erfreuten Lächeln. „Jede Abwechslung ist hier gerne gesehen. Nun leg dich hin und bleib ruhig. Wir wollen die Dendraks nicht auf uns aufmerksam machen. Komm, Maria." Gemeinsam mit seiner Frau verließ er die Gaststube und begab sich in die hinteren Räumlichkeiten des Hauses.

Im Schein des fast gänzlich heruntergebrannten Feuers im Kamin bereitete Wulf sein Nachtlager. Die Wirtin hatte ihm einen Strohballen neben sein Bündel gelegt und er wollte ihn als Kopfkissen benutzen.

Vorsichtig legte er das alte Buch unter das provisorische Kissen. Er hütete es, wie einen Schatz. Sein Buch. Die Geschichten, die er vor fast eintausend Jahren zusammengetragen hatte. Er, Wolfgang Uhlmann. Er hatte seinen Namen geändert, als seine Frau Doreen bei einem Dendrakangriff ums Leben gekommen war. Als seine Seele vor Trauer zerbrach. Vor fast eintausend Jahren. Wolfgang Uhlmann, der Journalist, der glückliche werdende Vater, der liebende und geliebte Ehemann, existierte nicht mehr. Tränen rannen über sein verwittertes Gesicht, als er sich an ihre Flucht vor so langer Zeit erinnerte. Es war bereits so viel Zeit vergangen, trotzdem war die Leere, die der Verlust Doreens in ihm hinterlassen hatte, immer noch vorhanden.

*

Sie waren auf dem Weg ins Gebirge gewesen. Man hatte ihnen erzählt, dass dort eine Zufluchtsstätte von Menschen mit weißmagischen Fähigkeiten zu finden sei, die auch normalen Menschen, die sich an sie wandten, Unterschlupf bieten würden. Einige Monate zuvor war von den herrschenden Schwarzmagiern, sie hatten sich den Titel „die Grauen" gegeben, das Edikt herausgegeben worden, dass sich jede schwangere Frau kurz vor der Entbindung in den Palästen der Magier einzufinden habe, um dort ihr Kind zu gebären.

Bereits kurze Zeit später kursierten Gerüchte, dass die Kinder direkt nach ihrer Geburt daraufhin überprüft würden, ob sie über magische Kräfte verfügen.

Kinder ohne magische Fähigkeiten könnten mit ihren Müttern nach Hause gehen. Kinder mit schwarzmagischen Fähigkeiten würden von den Schwarzmagiern in speziellen Heimen aufgezogen. Kinder mit weißmagischen Fähigkeiten würden direkt nach der Geburt getötet.

Doreen war hochschwanger und hatte Angst davor, dass man ihr das Kind nehmen würde.

So machten sie sich also auf den gefährlichen Weg in den Süden, in der Hoffnung, dass die Geschichten über eine sichere Zuflucht wahr wären.

*

Sie kamen in der Nacht, als er mit Doreen in der Nähe eines kleinen Baches rastete.

Eine Patrouille von zwölf Dendraks, die von ihren Herren, den Grauen, ausgeschickt worden waren, Flüchtlinge aufzugreifen und zur Überprüfung der Fähigkeiten in einen der Paläste zu bringen.

Sie hatten bis zur Erschöpfung gekämpft, aber die Übermacht war zu groß. Wulf musste mit ansehen, wie seine Frau von zwei Monstern förmlich zerrissen wurde. Seine Wut steigerte sich ins Unermessliche. Und plötzlich war ihm, als wenn eine Mauer in seinem Innern einstürzen würde und eine Kraft durchströmte ihn, die so fremd, so erschreckend, aber gleichzeitig auch willkommen war.

Die Monster, die nichts ahnend auf ihn einschlugen, wurden von seiner neuen Kraft mit solcher Gewalt gegen die umstehenden Bäume geschleudert, dass sie tot liegen blieben.

Wulf stürmte auf seine tote Frau zu, nahm sie in seine Arme und ein Strom Tränen, der nicht versiegen wollte, fiel aus seinen Augen auf ihren geschundenen Körper.

Stundenlang saß er nur da, verfluchte das Schicksal und wiegte Doreen in seinen Armen.

Als die Sonne aufging und ihre wärmenden Strahlen tröstend auf ihn legte, begrub er Doreen und ihr ungeborenes Kind. Einsam und allein zog er nun in Richtung Süden. Er spürte, dass die Kraft in ihm immer weiter wuchs. Wulf spürte auch, dass es andere wie ihn gab und dass er auf dem richtigen Weg war. Er würde sich den Weißmagiern anschließen und gegen die Tyrannen und ihre Bestien kämpfen.

*

Noch immer schwammen Tränen in Wulfs Augen, als er an den Tod seiner geliebten Frau dachte. Nach all den Jahrhunderten hatte er nicht aufgehört sie zu lieben.

Viel war seither geschehen. Viele Rückschläge hatten er und die anderen Weißmagier seither hinnehmen müssen. Viele waren getötet worden. Aber nun würde die Eine geboren werden, die dem Schrecken ein Ende bereiten sollte. Einer der Weißmagier, der mit der Gabe des Zweiten Gesichts gesegnet war, hatte ihre Geburt vorhergesehen.

Er war, wie elf andere, welche die Fähigkeit besaßen Magie zu erspüren, ausgeschickt worden, nach der ungeborenen Einen und ihrer Mutter zu suchen. Sie mussten sie finden, bevor sie in die Fänge der Unterdrücker fiel. Sie musste zum geschützten Unterschlupf im Gebirge gebracht werden, dort aufwachsen und auf ihre wichtige Aufgabe vorbereitet werden. Aber sie mussten schnell sein.

Denn auch ihre Feinde wussten um ihre Geburt.

Ortburg – Die Zwillinge

„Die Biester sind endlich draußen?" Gunnar, der Burgherr, sah den Verweser mit seinen tückischen kleinen Augen an.

„Das Gitter ist wieder funktionstüchtig. Die Dendraks haben kurz nach Einbruch der Dämmerung ihre Stallungen verlassen", berichtete Falk und neigte demütig seinen Kopf. „Wie Ihr beschlossen habt, sind die Zwillinge in die Burg gebracht worden. Ich habe ihnen ein Quartier auf dieser Etage zugewiesen. Gestattet mir die Frage, warum sie bereits jetzt hier wohnen dürfen? Sie sind doch erst fünf Jahre alt."

„In der Tat. Sie sind noch sehr jung. Aber sie sind stark. Ich werde mich persönlich um ihre Erziehung und Ausbildung kümmern. Geh jetzt. Ich habe noch zu arbeiten."

Gunnar blickte dem Verweser hinterher und wartete, bis dieser die Tür hinter sich geschlossen hatte.

Dann nahm er den Bericht des Sehers erneut aus seiner Robe. Nachdenklich las er abermals den Text, der in groben Lettern, passend zum grob geschöpften Papier, geschrieben war.

Er musste etwas unternehmen. Ein Kind, ein Mädchen mit starken weißmagischen Fähigkeiten sollte geboren werden. Und dieses Kind würde die Magie aus der Welt verbannen. Es würde dann wieder möglich sein, Technik zu entwickeln.

Das bedeutete, dass er nichts weiter sein würde, als ein normaler Mensch. Und diese Bauern, diese minderwertigen Kreaturen, könnten sich über ihn erheben. Das durfte er nicht zulassen.

Er war der Mächtigste der Grauen. Er musste dieses Balg ausfindig machen und vernichten. Niemand raubte Gunnar dem Großen seine Macht. Schon gar nicht eine Weißmagierin.

Gunnar strich energisch eine widerspenstige Falte seiner langen, weiten Robe glatt und trat aus dem Zimmer. Fackeln beleuchteten den fensterlosen, aus großen, grob behauenen Steinen bestehenden, Gang. Er würde sofort mit der Ausbildung der beiden Knaben beginnen. Zunächst würde er ihnen erklären, dass die Grauen die Krone der Schöpfung waren. Der Beweis war die jahrhundertelange Herrschaft. Schon vom ersten Tag der Umwandlung hatte es sich gezeigt, dass sie die wahre Kraft besaßen. Niemand konnte sich ihnen entgegenstellen. Graue waren stark und rücksichtslos genug, die Macht an sich zu reißen und seither nicht aufzugeben. Und so würde es bleiben.

Er öffnete die Tür zum Quartier der Kinder, ohne anzuklopfen.

Da standen sie vor ihm. Sie trugen bereits die Kleidung der Novizen. Er spürte ihre enormen Kräfte, die sie besaßen. Großes war von ihnen zu erwarten. Das war sicher.

Erwartungsvoll und stolz sahen sie mit ihren eisblauen Augen zu ihm empor.

Maria

Heute Morgen war Wulf in dieses Dorf gekommen und hatte beim Wirt der Dorfschänke um eine Unterkunft und Verpflegung gebeten. Er war freundlich aufgenommen worden, als er erwähnte, dass er lesen könne und auch ein Buch bei sich trage, aus dem er den Gästen zur Unterhaltung vorlesen wolle. Bei seinem ersten Spaziergang durch das Dorf überprüfte er mit seinen feinen Sinnen die einheimischen Frauen. Fast hatte er die Hoffnung aufgegeben, hier die Auserwählte zu finden und damit gerechnet, schnell weiterziehen zu müssen, als er am frühen Nachmittag der Frau des Wirtes begegnete. Sofort spürte er die ungewöhnliche, magische Strahlung, die sie umgab. Und diese Frau war augenscheinlich guter Hoffnung. Im Laufe des Abends, als er den Gästen aus dem alten Buch vorlas, hatte er die Frau immer wieder beobachtet. Es war eindeutig nicht sie, die diese Aura verströmte. Es war das Kind. Er war sich sicher, fündig geworden zu sein. Wulf beschloss, in den nächsten Tagen mit der Wirtin ins Gespräch zu kommen.

Vor der Gaststube war das Stapfen großer, schwerer Füße zu hören. Scharfe Klauen kratzten über die fest geschlossenen Läden. Die Dendraks waren unterwegs. Fest in seinen schweren Umhang gehüllt, sank Wulf in einen tiefen, traumlosen Schlaf.

Wulf erwachte vom leisen Klappern, das aus einem der hinteren Räume zu ihm drang. Er überprüfte mit einem Blick schnell seine Habseligkeiten. Alles lag da, wo er es am Abend zuvor deponiert hatte. Er erhob sich, legte seinen Leinensack, in den er vorsichtig sein Buch schob, auf eine der Bänke und ging mit dem Strohballen in Richtung Küche. An der Tür blieb er stehen und beobachtete die Wirtin, die gerade dabei war, das Frühstück zu bereiten. Der Haferbrei kochte munter auf dem Herd, auf dem großen Eichentisch standen bereits ein Brotkorb und eine große Kanne mit Milch. Wulf prüfte noch einmal die magische Aura. Er hatte sich gestern nicht geirrt, die Aura war immer noch vorhanden.

„Guten Morgen", begrüßte er die Wirtin und legte den Strohballen in eine Ecke. „Die Nacht war ruhig. Keiner der Dendraks scheint in ein Haus eingedrungen zu sein", bemerkte Wulf, als er half, Teller und Besteck zu verteilen.

„Ja. Es war eine Wohltat. Die Monster haben in den letzten Nächten vier Dorfbewohner getötet.

Vielleicht waren sie satt. Ich hoffe, dass das noch eine Weile so bleibt", erwiderte die Wirtin. „Setz dich, ich muss kurz in den Garten und Wasser holen." Sie zog einen großen Eimer aus dem Regal. Wulf konnte sich ein Lächeln nicht verkneifen, als er den Eimer sah. Es war ein roter Plastikeimer. Die Farbe war zwar verblasst, aber er schien immer noch funktionstüchtig zu sein. Auch tausend Jahre hatten dem Material nicht geschadet. Lediglich der Metallhenkel war durch einen Sisalstrick ersetzt worden.

„Lass mich das machen. In deinem Zustand solltest du nicht so schwer tragen." Wulf nahm ihr den Eimer aus der Hand und ging durch die hintere Tür in den Garten. Wie fast alle Menschen ohne magische Fähigkeiten, besaßen die Wirtsleute einen großen Garten. Wulf sah einige Apfel- und Birnbäume, Stachelbeersträucher, ein Kartoffel- und Gemüsefeld und einen liebevoll eingerichteten, kleinen Kräutergarten. Der Brunnen befand sich nur wenige Schritte neben dem Haus und Wulf hatte den blassroten Eimer rasch gefüllt.

Als er die Küche wieder betrat, saßen die Wirtsleute schon am Tisch und frühstückten.

„Setz dich und lang kräftig zu." Der Wirt zeigte auf den freien Stuhl am Kopfende des Tisches. Wulf setzte sich und die Wirtin füllte seine Schüssel mit Haferbrei und reichte ihm eine dicke Scheibe Brot.

Das Frühstück verlief wortlos. Nachdem Wulf der Wirtin geholfen hatte, den Tisch wieder abzuräumen, begab er sich in die Wirtsstube. Hier war der Wirt dabei, die Fenster zu öffnen. Die schweren Holzläden hatte er bereits beiseite geräumt.

„Erzähl. Was hast du auf deinen Wanderungen erlebt?" Der Wirt blickte Wulf neugierig an und fragte weiter. „Warst du auch in einer der alten Stadtruinen? Mein Vater hatte mich einmal dahin mitgenommen, als ich zehn Jahre alt war. Wir haben Glas für die Scheiben hier in der Schenke geholt. Einige sind ja noch vorhanden. Ich hätte mir gerne alles angesehen, aber unser Ochsenkarren ist sehr langsam und wir mussten schnell zurück, um vor Einbruch der Dunkelheit wieder zuhause zu sein. Und seit mein Vater tot ist und ich die Schenke übernommen habe, ist einfach keine Zeit geblieben, noch einmal dorthin zu reisen."

„Ja, ich war auch in Ruinen von großen Städten. Es ist aber sehr gefährlich dort. Nicht nur wegen der wilden Dendraks. Dort leben auch gefährliche Tiere, die sich auf alles stürzen, was sich nicht schnell genug in Sicherheit bringt. Einige Lebewesen aus den Todeszonen haben dort auch einen Unterschlupf gefunden."

Wulf sah, dass der Wirt erschauderte.

„Es ist schön, dass du noch ein paar Tage bleiben kannst. Hier gibt es selten Abwechslung. Na ja, wenn man die Durchsuchungen nicht mitrechnet. Vor einem Monat wurden wieder zwei Frauen aus ihren Häusern geholt, weil sie sich nicht rechtzeitig im Palast eingefunden hatten. Sie wollten ihre Kinder zuhause gebären. Keines der Kinder ist mit seiner Mutter zurückgekehrt. Und die Frauen sahen furchtbar aus, als man sie wieder heimgeschickt hatte. Maria, meine Frau, erwartet ihr viertes Kind. Die drei anderen sind kurz nach ihrer Geburt getötet worden." Tränen sammelten sich in seinen Augen. „Man hat uns noch nicht einmal gesagt, ob es Jungen oder Mädchen waren. Maria ist voller Angst, dass sie dieses Mal wieder ein weißmagisches Kind zur Welt bringt. Ich glaube nicht, dass sie es verkraften würde, wenn man es ihr auch noch nimmt. Und es ist furchtbar, dabeistehen zu müssen und nichts unternehmen zu können."

Wulf legte tröstend seine Hand auf den Arm des Wirtes. Er wusste, dass es diesmal ein Mädchen würde. Und er würde alles dafür tun, damit dieses Kind am Leben blieb.

Der Wirt atmete tief ein. „Ich brauche jetzt erst einmal etwas frische Luft, bevor die ersten Gäste kommen. Begleite mich doch. Ich zeige dir das Dorf und vom Dorfende aus kannst du die dunkle Burg sehen."

Wurf folgte dem Wirt auf die Straße.

„Wie du siehst, gibt es nicht viele Bewohner. Aber das soll ja in allen Dörfern so sein. Die Dunklen haben dadurch alles besser unter Kontrolle. Ich habe gehört, dass es vor der Umwandlung viel mehr Menschen gegeben hat. Da vorne wohnt Martin mit seiner Familie. Seine Frau ist eine von denen ich grade erzählt habe. Von sieben Kindern sind ihr zwei geblieben." Das Gesicht des Wirtes verfinsterte sich, als sie an einem, für die heutigen Verhältnisse, prachtvollen Haus vorbei kamen. Die Steine des Hauses waren weiß getüncht, es besaß nicht nur eine Etage, wie alle übrigen Häuser, sondern zwei und eine Mauer aus Feldsteinen umgab das Grundstück. Der Wirt sprach erst weiter, als sie es ein gutes Stück hinter sich gelassen hatten. „Dort wohnt Jakob. Er arbeitet für die Dunklen. Er meldet die Frauen, die ein

Kind erwarten. Außerdem bespitzelt er die Dorfbewohner. Ist wohl eine einträgliche Aufgabe. Ich habe gehört, dass zwei seiner Kinder schwarzmagisch sind und von den Dunklen aufgezogen werden. Hast du den Mann gesehen, der neben dem Haus die Blumenbeete bearbeitet hat? Das ist Claas. In dieser Woche müssen er und seine Frau hier arbeiten. Ist ja auch unter Jakobs Würde selbst zu arbeiten. Und Sefa, seine Frau, kann sich ja wirklich nicht bei der Hausarbeit die Hände schmutzig machen." Der Wirt spuckte verächtlich auf den Boden.

Danach gingen sie schweigend weiter, bis sie den Dorfrand erreichten.

Wortlos zeigte der Wirt in Richtung Norden. In einigen Kilometern Entfernung sah Wulf die dunkle Burg auf einem Hügel, in unmittelbarer Nähe eines undurchdringlichen Waldes stehen. Es war eine imposante Anlage. Die Burg war von einer hohen steinernen Mauer umgeben. Wulf kannte solche Anlagen. In der Mitte befand sich die eigentliche Burganlage. In ihr wohnten die erwachsenen Schwarzmagier, sowie die Heranwachsenden. Hier wurden sie erzogen und ihre schwarzmagischen Kräfte trainiert. Direkt an die Burg angeschlossen befanden sich die Internatsräume der Kinder. An der Mauer standen dann die primitiven kleinen Hütten der Diener. Hinter der Mauer, von einer weiteren hohen steinernen Einfassung umgeben, hausten die Dendraks.

Mit gesenktem Kopf hatte der Wirt neben ihm gewartet.

„Komm, lass uns zurückgehen. Weiter gibt es bei uns nichts zu sehen. Außerdem kommen gleich die ersten Gäste und ich will nicht, dass Maria die ganze Arbeit alleine erledigen muss."

Wulf nickte und folgte dem Wirt zurück ins Dorf. Schon von weitem sahen sie Maria, die auf dem Weg in den Stall hinter dem Haus war, um Kühe, Ochsen und Schweine zu versorgen. Ein Dutzend Hühner tummelten sich vor dem Stall und in einem Gatter neben der Stallanlage konnte Wulf eine große Gruppe Gänse erkennen.

„Hallo Paul." Der Wirt zuckte zusammen, als er seinen Namen hörte. „Wie gehen die Geschäfte? Bei deiner Frau ist es ja spätestens in einem Monat soweit. Hoffentlich bringt sie wenigstens jetzt einen ordentlichen Magier zustande. Oder wenigstens einen Erben für deinen Gasthof und nicht wieder solch einen wertlosen Bastard."

Wulf sah, wie der Wirt die Fäuste ballte, aber dann wortlos und ohne den Kopf zu heben, weiterging. Das musste wohl dieser Jakob sein, dachte Wulf. Solche Menschen hatte er in seinem langen Leben schon oft erlebt. Sie waren alle gleich. Es machte ihnen Freude, ihre Position und die Nähe zu den Dunklen auszunutzen und ihre Mitmenschen zu quälen.

Als sie die Gaststube erreicht hatten, kam Maria gerade mit einem Korb voller Eier ins Haus zurück. Man sah ihr an, dass die Arbeit ihr viel Kraft abverlangt hatte. Auf dem Herd in der Küche stand ein großer Topf, in dem eine Gemüsesuppe kochte, die Tische der Gaststube hatte sie bereits abgewischt und den Boden gefegt.

„Leg dich etwas hin." Paul nahm seiner Frau den Korb ab. „Du solltest dich nicht so anstrengen." Liebevoll strich er mit seiner großen Hand über ihr braunes, gewelltes Haar. Er blickte ihr besorgt hinterher, als sie in einem Raum neben der Küche verschwand, der offensichtlich zu den Privaträumen des Wirtspaares gehörte.

Paul zapfte zwei Krüge Met und stellte einen vor Wulf auf die Theke.

„Ich weiß nicht, was ich machen soll", begann der Wirt. Er hatte mittlerweile Vertrauen zu Wulf gefasst. „Am liebsten würde ich mit meiner Frau von hier fortgehen, bevor das Kind auf die Welt kommt. Aber ich fürchte, dass es in anderen Dörfern genauso ist."

Die Grauen herrschen überall und überall töten sie weißmagische Kinder sofort nach der Geburt. Wir können also nirgendwo hin. Und Maria...", er schluckte und blickte an Wulf vorbei ins Leere. „Ich glaube nicht, dass sie einen weiteren Schicksalsschlag überstehen wird."

Wulf schwieg zunächst. Er prüfte den Mann vor ihm mit seinen feinen Sinnen nach Spuren von Hinterhältigkeit und Lüge. Aber er konnte nichts dergleichen finden. Paul war ein rechtschaffener, aufrichtiger Mann.

„Wir sollten uns heute Abend unterhalten, sobald die Gäste gegangen sind und wir nicht belauscht werden können. Ich denke, dass ich euch helfen kann." Wulf setzte alles auf eine Karte. Aber er war sich absolut sicher, dass der Wirt nicht mit den Dunklen im Bunde war.

Der Tag verlief ruhig. Wulf hatte in seinem langen Leben gelernt, geduldig zu sein. Die Wirtsleute allerdings waren den ganzen Tag über sehr nervös. Immer wieder blickten sie zu ihm herüber, wagten aber nicht ihn anzusprechen, da sie Angst hatten, belauscht zu werden.

Am Abend las Wulf wieder aus dem alten Buch vor. Die anwesenden Gäste lauschten andächtig seinen Worten. Für sie war es sehr spannend von der Zeit der Verwandlung zu hören.

Nachdem der letzte Gast gegangen war, half Wulf den Wirtsleuten, die Fenster und Türen mit den schweren Holzläden zu verbarrikadieren. Dann gingen sie in die Küche und setzten sich an den großen Eichentisch. Die Beiden sahen Wulf gleichzeitig neugierig und ängstlich an.

„Dein Mann hat mir von deinen Ängsten erzählt", wandte sich Wulf zunächst an Maria. „Du fürchtest, dass du wieder ein weißmagisches Kind zur Welt bringst und dass die Grauen auch dieses Kind töten werden."

Maria sackte bei seinen letzten Worten in sich zusammen. Mit Tränen in den Augen nickte sie. „Ja. Es war bis jetzt jedes Mal so. Es war so schrecklich …" Ihr versagte die Stimme.

Wulf nickte. „Das kann ich mir vorstellen. Nun, es gibt im Gebirge im Süden eine abgeschirmte Heimstatt der Weißmagier. Ich werde euch dorthin führen. Dort seid ihr in Sicherheit." „Es gibt wirklich lebende Weiße?", fragte Paul erstaunt. „Ich dachte, dass alle Kinder mit weißmagischen Fähigkeiten sofort nach der Geburt getötet werden."

„Es gibt sie. Es sind nicht viele. Der Unterschlupf besteht schon seit dem Zeitpunkt der Verwandlung. Die Weißen sind dorthin geflüchtet, nachdem die Grauen begonnen hatten, sie zu verfolgen und zu töten. Der Weg dorthin ist gefähr-lich. Er dauert, selbst mit einem Ochsenkarren, viele Tage. Man muss sich nachts vor den Dendraks verstecken und tagsüber vor wilden Tieren und den Spitzeln der Grauen. Und man muss stets große Umwege um die Dörfer, Burgen und Todeszonen fahren. Es ist aber zu schaffen. Mir ist es selbst vor sehr langer Zeit gelungen, das Gebirge und die Weißmagier zu erreichen. Ich werde euch helfen."

„Du bist dort gewesen? Dann bist du selbst ..."

Wulf nickte. „Ja, ich bin selbst einer von ihnen." „Du sagtest gerade, dass du selbst zu ihnen gegangen bist. Wie hat deine Mutter es ge-schafft, dass du nicht bei der Geburt getötet wur-dest? Wie konnte sie deine Magie verbergen?" Maria sprach sehr schnell, so aufgeregt war sie. In ihr keimte eine Hoffnung auf. Eine Hoffnung für sich und ihr ungeborenes Kind.

Wulf hatte den gesamten Abend darüber nachgedacht, wie er es den beiden erklären sollte. Sie würden vermutlich einen Schock bekommen.

„Meine Mutter musste meine Magie nicht verbergen. Bei meiner Geburt hatte ich noch kei-ne magischen Kräfte. Die habe ich erst in der Zeit der Umwandlung bekommen."

Paul erstarrte. Dann schüttelte er den Kopf. „Das ist nicht möglich. Die Umwandlung fand vor fast eintausend Jahren statt. Das würde bedeu-

44

ten…", er sprach nicht weiter. Seine Augen waren ungläubig auf Wulf gerichtet.

„Ja. Das bedeutet, dass ich über eintausend Jahre alt bin. Um genau zu sein, ich habe vor zwei Monaten meinen eintausendzweiundzwanzigsten Geburtstag gefeiert." Wulf lies diese Information ein paar Augenblicke wirken, bevor er weitersprach: „Das Buch, aus dem ich Euren Gästen vorgelesen habe, ist von mir selbst vor fast eintausend Jahren geschrieben worden. Ich habe Max Bauer, der plötzlich übermenschliche Kräfte besaß, selbst kennen gelernt. Die übrigen Geschichten habe ich aufgrund von Zeugenaussagen notiert."

„Aber, wie ist das möglich? Bist du durch die Magie unsterblich geworden?" Fast ehrfurchtsvoll sahen sie ihn an.

„Nein, nicht unsterblich. Der Alterungsprozess ist bei mir extrem verlangsamt. Genau wie der Verfall einiger der alten Städte. Ein Freund, der von Zeit zu Zeit die Gabe besitzt, in die Zukunft zu sehen, sagte mir, dass ich sterben werde, sobald die Welt wieder normal ist. Wenn die Magie wieder verschwunden ist. Ich hoffe, dass ich nicht mehr so lange darauf warten muss. Ich hatte ein sehr langes Leben. Ich bin müde.

Es wird langsam Zeit für mich, zu gehen."

„Die Zukunft?", fragte Maria. „Hat dein Freund auch gesagt, wann die Magie wieder verschwindet, wann wir wieder frei sind?"
Wulf schwieg einen Augenblick. Er wollte ihnen nicht sagen, dass das Ende der Magie durch ihre jetzt noch ungeborene Tochter kommen wird. Sie waren sowieso schon zu aufgeregt und eine lange, gefährliche Reise lag vor ihnen.

„Ihr solltet ihn selbst fragen. Wenn ihr zustimmt, mich zu begleiten, werdet ihr in der Heimstatt alles erfahren." Wulf sah an ihren Blicken, dass er sie nicht überreden musste, mit ihm zu kommen. Sie sahen die Möglichkeit, dem Terror der Grauen zu entkommen und die Chance, dass Maria ihr Kind ohne Sorge um dessen Leben gebären könnte.

Die Wirtsleute sahen sich an, dann nickten beide.

„Wir werden mit dir gehen. Allerdings werden wir sehr vorsichtig sein müssen. Jakob darf nicht erfahren, dass wir von hier verschwinden wollen."

Wulf überlegte. „Du hast erzählt, dass du vor langer Zeit mit deinem Vater in den Ruinen der nahen, großen Stadt warst und dort Scheiben für die Fenster der Schenke besorgt hast. Nun, wir können es so einrichten, dass eine der Scheiben hier zu Bruch geht, wenn dieser Jakob in der Nähe ist. Du kannst erzählen, dass du mit deiner Frau neue Scheiben besorgen willst. Dann fällt es auch nicht auf, wenn ihr einen Ochsenkarren nehmt. Wir würden damit schneller vorankommen. Auf mich wird er nicht achten. Ich warte außerhalb des Dorfes auf euch." „Das könnte funktionieren. Glas ist knapp und wirklich gute Scheiben gibt es nur in den Ruinen. Er wird uns glauben, dass wir sofort aufbrechen wollen, um die Scheibe zu ersetzen. Und es ist auch nicht ungewöhnlich, dass ich meine Frau mitnehme. Alleine ist es schwierig, die Scheiben unversehrt herauszubrechen. Wenn er bemerkt, dass wir nicht zurückkommen, haben wir schon einen großen Vorsprung. Allerdings muss ich gestehen, dass ich mich vor den Dendraks und wilden Tieren fürchte. Was machen wir also nachts, wenn wir keine sichere Unterkunft finden?" Der Wirt blickte Wulf fragend an.

„Nun, meine Magie beschränkt sich nicht nur darauf, länger als andere zu leben." Wulf lächelte. „Ich bin zwar nicht unbesiegbar, aber einige dieser Biester werde ich schon abhalten können. Wilde Dendraks jagen einzeln. Erst, wenn sie unter der Kontrolle eines Grauen stehen, sind sie auch im Rudel anzutreffen. Normalerweise würden sie sich gegenseitig zerfleischen. Ich würde vorschlagen, dass wir die Scheibe morgen in den Vormittagsstunden zerbrechen. Dann bleibt ein halber Tag, die Reisepläne zu verbreiten und alles vorzubereiten. Geht jetzt schlafen. Es liegt eine anstrengende Reise vor uns.

„Kannst du Tölpel nicht aufpassen? Weißt du eigentlich, wie viel Mühe es gekostet hat, dieses Glas zu besorgen? So etwas wächst nicht im Garten. Verschwinde, ehe ich mich vergesse!", schrie Paul und schaffte es tatsächlich, dass sich sein Gesicht hochrot färbte. Wulf vermutete, dass es die Aufregung war. Er blickte zu Boden, als wenn er ein schlechtes Gewissen habe.

„Ich … Ich kann nur um Entschuldigung bitten. Es tut mir wirklich leid. Ich …", stammelte Wulf vor sich hin.

„Das nützt mir jetzt auch nichts mehr. Ich muss eine neue Scheibe besorgen. Hast du eine Ahnung, wie gefährlich das ist? Los! Verschwinde! Aus meinen Augen!"

Das Klirren der Fensterscheibe und der anschließende Disput war von einigen Dorfbewohnern verfolgt worden. Also würden spätestens in einer Stunde alle anderen davon erfahren haben. Der erste Teil des Plans war gelungen. Wulf nahm sein Bündel, murmelte noch eine Entschuldigung in Richtung des Wirtspaares und verließ das Dorf. Er spürte die Blicke der Dorfbewohner, als er das letzte Haus hinter sich gelassen hatte. Er sah sich nicht um, sondern ging weiter, bis der Weg nach

Süden bog und ihn vor den Blicken verbarg. Nun musste er sich nur noch bis zum nächsten Morgen hier verstecken, bis die Wirtsleute ihn in den frühen Morgenstunden mit ihrem Ochsengespann auflesen würden.

Ortburg – Kollaborateur

„Was willst du schon wieder hier?", fuhr Gunnar Jakob an. „Die Namen der Schwangeren hast du mir erst in der letzten Woche mitgeteilt."

„Ich soll berichten, wenn sich etwas im Dorf ereignet hat. Nun, ein Reisender ist gestern ins Dorf gekommen. Er hat Unterkunft in der Schänke gefunden und abends den Leuten Geschichten vorgelesen. Heute hat dieser Trottel eine Fensterscheibe der Schenke zerbrochen. Die Wirtsleute wollen mit ihrem Ochsenkarren in die Ruinenstadt fahren und dort eine neue Scheibe besorgen. Ich habe nun die Frage, ob man die Dendraks nicht später heraus lässt. Dann haben die beiden eine bessere Chance unbeschadet ins Dorf zurückzukehren."

„Was gehen mich die Dorfbewohner an. Wenn sie sich in Gefahr begeben wollen, dann ist das ihr Problem und nicht meines."

„Die Frau des Wirtes ist schwanger. Sie wird in Kürze ihr Kind zur Welt bringen. Es könnte ja sein, dass sie diesmal ein schwarzmagisches Kind bekommt." Jakob hob leicht seinen Kopf, den er bisher demütig gesenkt gehalten hatte.

Der Graue überlegte. Ein möglicherweise schwarzmagisches Kind wollte er nicht gefährden. „Gut. Die Dendraks werden erst um Mitternacht herausgelassen. Wenn sie es bis dahin nicht zurück geschafft haben, kann ich auch nichts mehr für sie tun."

„Ich werde es ihnen ausrichten." Jakob zog sich langsam zurück.

Der Burgherr setzte sich und wartete auf die Zwillinge. Heute würde er versuchen herauszufinden, ob sie bereits über besondere Gaben verfügten. Stark war ihre Magie. Das hatte er ja bereits festgestellt.

Möglicherweise konnte man aber bereits jetzt feststellen, ob noch Außergewöhnlicheres in ihnen steckte.

Gedankenübertragung oder die Möglichkeit, andere Menschen zu beeinflussen, war seit langer Zeit nicht mehr vorgekommen. Aber, man konnte nie wissen. Vielleicht hatte er Glück und seine Zöglinge versetzten ihn in Erstaunen.

Die Reise beginnt

Er verbrachte den Tag mit Meditation, lies aber seine feinen Sinne auch die Gegend nach magischen Aktivitäten absuchen, um nicht von den Grauen überrascht zu werden. Es wurde ein langer Tag. Als die Sonne im Zenit stand, bemerkte er, dass sich eine Person näherte. Und er spürte eine starke magische Aura. Maria! Maria war gekommen, um ihm Brot und Wasser zu bringen.

„Du solltest nicht hier sein. Man könnte bemerken, dass du das Dorf verlassen hast. Das würde unseren ganzen Plan gefährden." Wulf war zwar dankbar, dass sie ihm Verpflegung gebracht hatte, aber er sah auch die Gefahr, entdeckt zu werden.

„Keine Sorge. Fast das ganze Dorf ist in der Schenke und bedauert Paul. Sogar Jakob ist da. Ich werde auch sofort wieder zurückgehen. Wir sind dann morgen früh, direkt nach Sonnenaufgang, hier. Ich werde jetzt die Abreise vorbereiten. Jakob hat Paul sogar eine alte, aber noch immer scharfe Machete gegeben, damit er uns vor wilden Tieren schützen kann. Er will sogar versuchen, dass die Sperrstunde verschoben wird, damit wir länger Zeit haben, ins Dorf zurückzukommen. Man wird uns also erst am nächsten Tag vermissen. Vermutlich wird man denken, dass wir von Bestien zerrissen wurden." Maria lächelte. „Ich bin dir so dankbar für das, was du für uns tust."

Sie drehte sich um und kehrte ins Dorf zurück.

Wulf suchte die Umgebung weiter ab. Er konnte erkennen, dass Maria zur Schenke zurückgekehrt war, ohne dass es zu Zwischenfällen kam. Er verfolgte einfach die Spur der magischen Aura des ungeborenen Kindes. Weitere magische Aktivitäten gab es nur in der Burg der Grauen und sie blieben konstant. Man hatte also noch keinen Verdacht geschöpft.

Die Nacht brach herein und Wulf hüllte sich fester in seinen Umhang. Er wollte keine Magie verwenden, um sich aufzuwärmen, da er die magischen Fähigkeiten der Grauen in der Burg nicht kannte und von ihnen nicht entdeckt werden wollte. Er verhielt sich vollkommen ruhig und bewegte sich nicht. Allein seine Sinne ließ er die Umgebung absuchen. Es waren ja nicht nur die Grauen, vor denen er sich hüten musste. Zu dieser Stunde waren die Dendraks unterwegs. Die Grauen würden sofort gewahr werden, wenn einer von ihnen überwältigt würde.

Von Zeit zu Zeit hörte er in einiger Entfernung ein Rascheln und stapfende Schritte. Aber die Geräusche kamen nicht näher. Die Dendraks hielten sich nur in der Nähe des Dorfes auf.

Die erste Andeutung des nahenden Sonnenaufgangs war gerade am Horizont zu erkennen, als der Ochsenkarren der Wirtsleute über den holprigen Lehmboden der Dorfstraße rumpelte. Nach wenigen Minuten hatten sie Wulf erreicht.

„Es ist alles nach Plan gelaufen. Das gesamte Dorf weiß, dass wir heute unterwegs sind. Die Grauen haben sogar die Dendraks früher abgezogen und sie werden erst kurz vor Mitternacht wieder herausgelassen. Ich denke mal, dass sie nicht riskieren wollen, dass dem ungeborenen Kind etwas passiert. Es könnte ja immerhin ein zukünftiger Grauer sein." Paul schauderte es bei der Vorstellung.

Wulf hatte in dieser Nacht lange nachgedacht und beschlossen, den Wirtsleuten einen kleinen Teil der Wahrheit zu erzählen.

„Nun, in diesem Punkt kann ich dich beruhigen. Maria wird eine Weißmagierin gebären. Es wird ein Mädchen."

Die Wirtsleute sahen Wulf mit offenen Mündern an.

Maria war die Erste, die sich fangen konnte.

„Bist du sicher? Ein Mädchen? Eine Weißmagierin?" „Ich bin mir absolut sicher. Ich spüre eine starke weißmagische Aura. Und ich spüre auch, dass es sich um ein Mädchen handelt."

Paul schloss seine Frau glücklich in die Arme. „Dann ist es wirklich notwendig, dass wir fliehen.

Ich werde alles dafür tun, dass ihr beide sicher seid."

Wulf warf sein Bündel auf den Wagen und setzte sich neben Paul. „Wir sollten heute versuchen, so weit wie möglich zu kommen. Das nächste Dorf in Richtung Süden ist drei Tagesreisen entfernt. Die nächste Burg der Grauen vier Tagesreisen. Wenn wir uns beeilen, können wir noch vor der Mittagszeit die Ruinen der nächsten Stadt erreichen und uns in einem der weniger verfallenen Häuser verbarrikadieren." Paul schwang seine Peitsche und der Ochsenkarren setzte sich langsam in Bewegung.

Wulf dachte daran, dass er die Strecke früher in wenigen Minuten zurückgelegt hätte. Früher. Vor tausend Jahren. Mit Wehmut dachte er an seinen VW zurück. Aber der hatte, wie alle anderen technischen Geräte, damals seine Funktion eingestellt.

Sie kamen zügig voran. Nur einmal mussten sie den Karren anhalten und einen umgestürzten Baum aus dem Weg räumen.

Die Sonne stand im Zenit, als die ersten verfallenen Vorstadthäuser vor ihnen auftauchten. Die meisten waren kaum mehr als Häuser zu erkennen. Im Laufe der Zeit hatte die Natur sich zurückgeholt, was der Mensch ihr einst abgetrotzt hatte. Allerdings waren einige Gebäude, durch eine Laune der Natur oder der Magie, noch recht gut erhalten.

Nach einer Stunde fanden sie ein Haus, dessen untere Etage noch fast vollständig erhalten war. Die Fensterscheiben waren alle zerbrochen, aber sie würden sowieso alle Öffnungen mit robusten Materialien verschließen müssen, um vor den Dendraks sicher zu sein. Paul lenkte den Karren neben das Haus an einen kleinen Anbau, der mit einem fast vollständig von Rost zerfressenen Tor versperrt war. Das Entfernen des Tores gestaltete sich sehr einfach. Wulf trat nur einmal fest dagegen und schon regneten die Metallstückchen und der Rost zu Boden. Das Innere der ehemaligen Garage war groß genug, beide Ochsen aufzunehmen. Der Karren würde draußen stehen bleiben. Paul führte die Ochsen hinein und band sie an einem aus der Wand ragenden Plastikkabel fest, während Maria in der näheren Umgebung Gras und Kräuter für die Tiere sammelte. Währenddessen inspizierte Wulf das Haus. Die obere Etage war eingestürzt und Geröll versperrte den Treppenaufgang. Von oben würde ihnen also keine Gefahr drohen. In der unteren Etage befanden sich drei Räume. Direkt neben der Eingangsöffnung gelangte man in die ehemalige Küche. Von der Einrichtung war nichts mehr übrig. Alleine die, wie amputierte Gliedmaßen anmutenden Armaturen- und Kabelreste, die aus den Wänden ragten, ließen darauf schließen, dass dort einmal Anschlüsse für Spüle und Herd vorhanden gewesen waren. Tische, Stühle und Schränke wurden vermutlich direkt nach der Katastrophe geplündert. Der Staub im Zimmer lag zentimeterdick. Seit Langem hatte niemand den Raum betreten. Genauso sah es in den anderen Zimmern des Erdgeschosses aus. Die Möbel waren entfernt, Staub bedeckte den Boden und alle Fensterscheiben waren zerstört. „In Richtung Wald ist ein kleiner Bach. Ich geh und hol Wasser", rief Paul ihm von draußen zu.

„Gut. Ich werde in der Zwischenzeit Material zum Verschließen der Fenster und Türen suchen. Maria, du legst dich etwas hin. Der Tag war anstrengend genug für dich." Wulf nahm ihr das Gepäck ab, dass sie vom Karren ins Haus geholt hatte. Mit Hilfe von mehreren Kleiderbündeln bereitete er ihr ein halbwegs bequemes Lager, auf dem Maria sich dankbar niederließ.

Bereits zwei Hausruinen weiter wurde Wulf fündig. Die Wände der unteren Etagen bestanden aus Rigipsplatten und im ehemaligen Wohnbereich stand noch ein schwerer, großer Eichenschrank. Vermutlich hatte man ihn wegen seiner Größe nicht aus der Tür bekommen. Nun konnten die dicken Bretter zum Verschließen der Fensteröffnungen genutzt werden. Wulf öffnete die Schranktüren. Zu seinem Erstaunen war in einem der Schränke noch ein fast vollständiges Porzellanservice vorhanden.

Vorsichtig stellte er das zerbrechliche Geschirr in die andere Ecke des Zimmers. Später würde er wiederkommen und nachsehen, was sie davon mitnehmen konnten. Als er alle Türen aus dem Schrank herausgerissen hatte, hörte er, wie Paul das Haus betrat.

„Hilfst du mir bitte den Schrank zu zerlegen? Wir sollten versuchen, die Holzstücke so groß wie nur möglich zu halten. Die Seitenwände hier können wir gut für die Fenster benutzen. Zwei Seitenteile nebeneinander müssten sie verschließen können. Sie zerrten an den Seiten des Schrankes und binnen kürzester Zeit hatten sie ihn zerlegt und zu ihrer Unterkunft transportiert.

„Als ich Wasser geholt habe, sah ich einige Hundert Meter entfernt einige große, flache Gebäude. Sie sind zwar fast verfallen, aber vielleicht finden wir dort etwas, um die Bretter an den Fenstern zu befestigen. Ich will Maria aber nicht alleine hier lassen. Es ist zwar noch Tag und vor Dendraks sind wir vorerst sicher, aber hier soll es auch wilde Tiere geben. Ist es möglich, dass du alleine gehst?" Paul sah ihn fragend an.

Wulf war einverstanden, denn er wollte Maria auf keinen Fall einer zusätzlichen Gefahr aussetzen. Er wandte sich also in die Richtung, die Paul ihm zeigte und nach kurzer Zeit sah er die Gebäude. Es war nicht mehr viel davon übrig. Die Wände waren größtenteils eingestürzt und Bäume und Sträucher lugten überall aus den Löchern heraus. Als er weiterging, bemerkte er zu seinen Füßen, dass der Boden vor ihm von schwarzen, flachen Steinen übersät war. Wulf bückte sich und untersuchte die Steine. Asphalt. Hier schien es früher einen großen Parkplatz gegeben zu haben. Er ging weiter auf die Mauerreste zu.

An einer Stelle, an der die Mauer bis auf den Boden zerstört war, betrat er die ehemalige Halle. Vor sich sah er einen mit unzähligen Kratern und Löchern übersäten Boden. Dazwischen wucherten Sträucher und Moosteppiche hatten sich über den Resten der Wände ausgebreitet. Vorsichtig, um nicht in eines der

Löcher zu treten, ging er weiter. Er untersuchte alle Erhebungen Und schließlich fand er unter einer Moosschicht halb verdeckt zwanzig ordentlich aufgerollte Nylonschnüre und die Köpfe von zwei Hämmern. Einige Meter weiter entdeckte er kleine Plastikkästchen, die zwar größtenteils zerbrochen waren, aber immer noch hunderte Nägel in allen Größen enthielten. Wulf untersuchte die Nägel, weil er erstaunt war, dass sie die Jahrhunderte unversehrt überstanden hatten und stellte fest, dass alle mit einer

Beschichtung versehen waren, die sie vor

Witterungseinflüssen schützte. Schnell schob er die Gegenstände in einen Leinensack, den er vom Ochsenkarren mitgenommen hatte, als er ein wildes, wütendes Knurren hörte.

Langsam richtete er sich auf und drehte sich um.

Vor ihm standen sechs große, graue Wölfe, die ihn mit gefletschten Zähnen anknurrten und mit hellwachen Augen ansahen. Offensichtlich hatten sie Appetit auf eine Portion Mensch.

Einer der Wölfe trat vorsichtig einen Schritt auf ihn zu. Der Leitwolf.

Wulf konzentrierte sich. Eine vollkommene Ruhe erfüllte ihn und er blickte dem Leitwolf tief in die Augen. Sein Geist verschmolz mit dem des Wolfes.

Für kurze Zeit waren sie eins. Dann löste Wulf sich. Der Leitwolf sah ihn noch einen Augenblick überrascht an, drehte sich dann aber schnell um und lief davon. Sein Rudel folgte ihm.

Neue Kraft schöpfend atmete er tief ein. Die Zeit war schon weit fortgeschritten und vor Einbruch der Nacht mussten noch alle Öffnungen verschlossen werden. Gegen Dendraks half seine Gehirnmanipulation nicht.

Aus den Tiefen des Waldes hörte er das Jaulen des Wolfes, in das sein Rudel zu einem schaurigschönen Gesang einstimmte.

Paul hatte mittlerweile damit begonnen, die Rigipsplatten vor die ehemalige Garage zu tragen.

„Hast du die Wölfe gehört?", rief er ihm zu, als er Wulf bemerkte. „Wir sollten uns mit dem Abdichten beeilen. Das Haus hat übrigens einen Keller. Die Treppe ist aber nicht mehr vorhanden und ohne

Fackel wollte ich da alleine nicht hinunter. Wenn wir fertig sind, können wir ja mal nachsehen, ob wir etwas Brauchbares finden."

„Ja, die Wölfe habe ich gehört." Er erzählte nichts von seiner Begegnung mit ihnen, da er Paul nicht weiter ängstigen wollte. Stattdessen schüttete er seine Beute aus dem Leinenbeutel und sah, dass sich Paul wie ein Kind über die Nägel, Hammerköpfe und Nylonschnüre freute.

Mit Hilfe der Machete schnitten sie einen Ast so zurecht, dass er in die Öffnung eines Hammers passte. Noch vor Einbruch der Dämmerung war das Haus sicher verschlossen, eine Laterne war angezündet und sie saßen in der ehemaligen Küche zusammen und atmeten auf.

„Wollen wir den Keller inspizieren?", fragte Paul nach einigen Minuten. Er war offensichtlich niemand, der einfach untätig herumsitzen konnte. „Wir haben noch eine zweite Laterne. Und Hanfseile haben wir auch mitgebracht."

Wulf hätte sich lieber noch etwas ausgeruht, aber er wollte Paul nicht die Freude am Herumstöbern nehmen.

Geschickt band Paul das Seil an einen Mauerabsatz in der Nähe des Kellerlochs und seilte sich ab. Wulf zog das Seil hinauf, band die Laterne an und lies sie zu ihm hinunter. Dann begab er sich auch in den Keller. Unten hatte Paul bereits die Kerze in der Laterne entzündet. Sie verbreitete einen kargen Lichtschein, der die kühlen und feuchten Räume nur spärlich beleuchtete. Wie sie erkennen konnten, war das gesamte Haus unterkellert. Von dem Vorraum, in den sie sich abgeseilt hatten, führte ein Gang zu einem weiteren, größeren Raum. Verrottete und herabgestürzte Rohre, von denen Wulf vermutete, dass es sich um Wasser- und Heizungsrohre handelte, hingen im Gang von der Decke herunter. Der große Raum schien ein Büro gewesen zu sein. Teile eines Bürostuhles hatten die Zeit überdauert. Ebenso die in zwei Teile zerbrochene Glasplatte eines Computertisches, die auf dem Boden lag. Ein rechteckiges Gehäuse stand neben der Glasplatte und auf ihr ein mit Staub und Moos überzogener Monitor. Wulf lachte laut auf, als das Licht der Laterne sich in einem glänzenden Apple-Symbol spiegelte.

Paul und Wulf gingen zurück in den Vorraum und untersuchten ihn genauer. In einer Ecke fanden sie nun endlich etwas Brauchbares. Ein alter

Sportbogen und zwanzig Pfeile, die luftdicht in Folie eingeschweißt waren. Wie durch ein Wunder hatte die Folie keine Risse bekommen. Der ehemalige Besitzer des Hauses war wohl ein Sportschütze gewesen. Wulf nahm die Waffe und die Pfeile an sich. Zu ihrem Bedauern war hier unten ansonsten nichts weiter zu finden.

Paul hangelte sich am Seil wieder ins Erdgeschoss und zog dann Wulf mitsamt der Laterne nach oben. Zurück bei Maria begutachtete Wulf seinen Fund. Er war begeistert. Die Waffe war vollkommen gebrauchsfähig. Früher einmal war Wulf in einem Sportschützenverein gewesen. Dort hatte er auch Doreen kennen und lieben gelernt. Doreen. Wulf wurde es jedes Mal schwer ums Herz, wenn er an sie dachte.

Die Nacht war hereingebrochen und während sie ihr Abendessen verzehrten, lauschten sie schweigend den Geräuschen, die von draußen zu ihnen drangen. Paul griff gerade zu einer weiteren Scheibe Brot, als harte, messerscharfe Nägel über das Holz der provisorischen Läden fuhren. Das Geräusch ließ die Drei erstarren. Sie wagten kaum zu atmen. Wieder und wieder ertönte das nervenaufreibende Geräusch. Dann hörten sie, dass sich stapfende Schritte entfernten.

„Wir sollten versuchen, etwas zu schlafen. Paul, wir werden uns mit der Wache abwechseln. Übernimmst du die Wache bis Mitternacht? Weck mich sofort, wenn du etwas Ungewöhnliches hörst."

Paul war einverstanden und Wulf legte sich an die Wand neben der Tür und hüllte sich fest in seinen langen Umhang.

Bevor er einschlief, überprüfte er die Umgebung auf magische Aktivitäten. Aber außer der magischen Aura, die vom Kind ausging, konnte er nichts spüren. Die Dendraks schienen in Richtung Wald gezogen zu sein. Vermutlich machten sie Jagd auf die Wölfe. An der weit heruntergebrannten Kerze erkannte Paul, dass die Mitternachtsstunde herangebrochen war und weckte Wulf. Es hatte sich nichts Auffälliges ereignet. Alles war ruhig. Paul legte sich neben seine Frau und schlief sofort ein.

Bei Einbruch der Morgendämmerung beluden sie den Ochsenkarren mit ihren Habseligkeiten, den Beutestücken aus dem Lager und Paul ließ es sich nicht nehmen, einige dicke Holzplatten aufzuladen. Auf Wulfs Frage meinte er nur, man wisse ja nicht, ob man so etwas nicht noch einmal gebrauchen könnte. Wulf kletterte auf den Karren, stellte den Bogen neben sich und schnallte sich den provisorischen Köcher, den er während der Nachtwache aus Leinentuch hergestellt hatte, auf den Rücken.

Sie hatten beschlossen während der Fahrt zu frühstücken, damit sie keine Zeit verschwendeten. Das nächste Dorf lag zwei Tagesreisen entfernt. Sie würden einen großen Bogen fahren müssen, damit sie nicht entdeckt würden. Zunächst ging es aber durch die Ruinenstadt.

Wulf erinnerte sich vage, dass er vor der Katastrophe schon einmal hier gewesen war. Damals hatte er als Journalist für ein großes Magazin gearbeitet. Die letzte Erinnerung an diese Stadt war sein Besuch bei der Buchmesse. Doreen hatte ihn damals begleitet. Wulf schüttelte die Erinnerung ab. Es brachte niemandem etwas, wenn er jetzt Trübsal blies.

Ortburg – Bericht

„Herr, sie sind nicht zurückgekehrt." Sichtlich fühlte sich Jakob unwohl in seiner Haut. „Die Gaststube ist verschlossen und der Ochsenkarren steht nicht in seinem Schuppen."

„Dann werden sie wohl zu lange gebraucht haben und sind von Dendraks oder anderen Bestien zerfleischt worden. Haben sie halt Pech gehabt." Der Verweser wollte sich zum Gehen wenden.

„Herr, ich habe im Haus nachgesehen. Die Wirtsleute haben viele Vorräte und Kleidung mitgenommen.

Ich glaube, sie sind geflüchtet."

„Geflüchtet? Wohin denn?" Falk lachte. „Nun, gut. Wegen des Kindes werde ich ein paar Leute ausschicken. Es könnte ja tatsächlich ein brauchbares Kind sein." Ohne ein weiteres Wort ging er zurück in die Burg. Geflüchtet, dachte er. Die werden schneller wieder hier sein, als der Wirt Met sagen kann! In der großen Halle beobachtete Falk die Zwillinge bei ihren Übungen. Sie waren tatsächlich sehr stark. Beide verfügten über außergewöhnliche zusätzliche Kräfte und beide hatten keinerlei Skrupel diese gegen Gegner einzusetzen.

Überraschung

Die ganze Stadt ließ die Vergänglichkeit alles von Menschenhand geschaffene spüren. Die Hochhäuser, die früher von der Leistungsfähigkeit der Bewohner zeugten, ragten wie abgenagte, zersplitterte Knochen in den Himmel und dienten

Efeu als Klettergerüst. Die Straßen, ausgerichtet für einen immensen Autoverkehr, waren durch die Witterung aufgebrochen, Bäume und Sträucher wuchsen auf ihnen und ein Bach teilte die ehemalige Hauptstraße in zwei Teile.

Die drei Gefährten beobachteten ihre Umgebung genau. Hinter jedem Steinbrocken, hinter jedem Busch konnte eine Gefahr lauern.

Aber es war kein Tier oder Monster, was ihre Reise unterbrach. Sie waren so auf die Umgebung fixiert, dass Paul das tiefe Loch im Boden nicht bemerkte und direkt darüber fuhr. Mit einem lauten Knall brach die Vorderachse und der Karren neigte sich abrupt zur Seite. Paul umklammerte fest seine Frau, damit sie nicht vom Wagen fiel. Wulf sprang herunter, um den beiden zu helfen.

„Das hat grade noch gefehlt. Wo bekommen wir jetzt eine neue Achse her? Maria, komm. Setz dich hier hin." Paul führte seine Frau einige Meter vom Karren weg. Dort hatte er eine Decke für sie ausgelegt.

Wulf suchte in der Zwischenzeit die Umgebung ab. In einigen Metern Entfernung stand eine große Eiche, deren Krone die ehemaligen Hochhäuser weit überragte.

Einige der Äste schienen gerade gewachsen zu sein.

Möglicherweise reichte ihre Länge für die Achse aus. „Paul, kommst du einmal her? Ich glaube, ich habe hier etwas gefunden." Paul lief zu ihm.

„Schau, der Ast dort oben. Der könnte brauchbar sein."

„Du hast Recht. Ich versuch ihn mit der Machete abzutrennen."

Mit einer Geschicklichkeit, die Wulf der riesenhaften

Gestalt gar nicht zugetraut hätte, kletterte Paul den Stamm hinauf. Beim Ast angekommen, begann er sofort, ihn mit der Machete zu bearbeiten. Das wütende Schreien einer Vogelmutter, deren Nest sich in der Verzweigung dieses Astes befand, war die Folge.

Paul arbeitete schnell und schon nach wenigen Augenblicken fiel der Ast Wulf vor die Füße. Genauso schnell, wie er den Baum erklommen hatte, war er auch schon wieder auf dem Erdboden angekommen. Mit Hilfe der Machete entfernt er die Zweige und schnitten ihn in die richtige Länge.

Anschließend entleerten sie die Ladefläche des Karrens und hievten ihn auf die Seite. Die Achse war genau in der Mitte durchgebrochen. Mit Hilfe eines Hammers entfernten sie sie aus der Nabe. Danach ersetzten sie die Achse durch den frisch geschlagenen Ast. Nach einer Stunde stand der Karren wieder aufrecht, war beladen und die Reise konnte fortgesetzt werden.

Paul achtete nur noch auf den Weg. Maria und Wulf übernahmen das Beobachten der Hausruinen. So gelang es ihnen, ohne einen weiteren Zwischenfall, die

Innenstadt zu durchqueren. Es war früher Nachmittag, als die Ruinen spärlicher wurden und sie schließlich die Stadt hinter sich gelassen hatten.

Der Weg wurde sumpfig und sie hatten Mühe, vorwärts zu kommen. Wulf hatte schon Sorge, dass sie keine geeignete, sichere Unterkunft für die Nacht finden könnten, als er in der Ferne ein weites, offenes Feld mit mehreren barackenartigen, verfallenen Gebäuden erkennen konnte. Sie fuhren auf die Gebäude zu. Wulf erkannte, wo sie sich befanden. Das hier war früher ein Flughafen gewesen. Auf einer Seite war der Tower zu erkennen. Der untere Teil schien noch intakt zu sein, der obere war eingestürzt. Sie fuhren mit ihrem Karren neben die Towerüberreste. Es würde eine ungemütliche Nacht werden, da sie diesmal die Ochsen mit ins Gebäude nehmen mussten. Es bestand keine Möglichkeit, sie anderweitig unterzubringen denn die anderen Gebäude waren nur noch Trümmerhaufen. Also luden sie den Karren aus, schleppten alles in das kleine Gebäude, führten die Tiere herein und versperrten die Türöffnung mit den mitgeführten Holzplatten.

„Siehst du?", grinste Paul. „Ich hab doch gesagt, dass wir sie brauchen werden."

Die frühe Morgensonne stand am wolkenlosen Himmel als sie die Reise fortsetzten. Vom Flughafengelände wollten sie in südöstlicher Richtung weiterfahren, da dort Ansiedlungen spärlicher waren. Sie waren gerade gestartet, da riss Wulf unvermittelt Paul die Zügel aus der Hand und ließ den Karren halten. Paul sah ihn verwundert an, doch Wulf gebot den Wirtsleuten ruhig zu sein.

Da hörten sie es auch. Ein leises Wimmern wehte von den eingestürzten Baracken zu ihnen herüber. Wulf übergab Maria die Zügel und zusammen mit Paul schlich er dem Wimmern entgegen. Paul hielt die Machete fest umklammert. Es konnte ein wildes Tier sein, das Schmerzen litt und er wusste, dass verletzte Tiere noch gefährlicher waren.

Wulf schloss die Augen, um die Gegend auf das Vorhandensein magischer Aktivitäten zu überprüfen. Zunächst spürte er nichts. Dann meinte er das kurze Aufflackern einer weißmagischen Aura zu verspüren, die aber fast augenblicklich wieder verschwand. Irritiert schüttelte er den

Kopf. Da war es wieder. Diesmal etwas stärker. Und fast gleichzeitig mit dem Aufflackern hörte er wieder das Wimmern.

Sie schlichen weiter.

Ein Großteil der Hangarwand war nicht mehr vorhanden, so dass sie bald die ganze ehemalige Halle überblicken konnten. Einzelne kleine Hügel Rost waren das Einzige, was den Boden bedeckte. Sie betraten die Halle. Das Wimmern kam direkt aus ihrer Mitte.

Doch da war niemand.

Wulf bedeutete Paul, dass er warten solle. Er würde allein weitersuchen. Wenn dort jemand war, der über Magie gebot, war es besser, Paul nicht in Gefahr zu bringen.

Wulf umrundete einen kleinen Rosthügel. Auf dem Boden dahinter lag nur eine quadratische, dicke, von Staub blinde Glasscheibe auf dem Boden. Wulf blieb erstaunt stehen. Direkt vor ihm musste jemand sein. Ein Mensch. Das war eindeutig. Das bedeutete dann... Er bückte sich und schob die dicke Glasscheibe beiseite. Sein überraschter Aufschrei mischte sich mit einem entsetzen Schrei aus der nun freigelegten Grube zu einem einzigen Geräusch. „Was ist los?", rief Paul ihm zu, bereit sich auf einen möglichen Gegner zu stürzen.

Wulf hob beschwichtigend die Hand.

„Keine Angst", sprach er ruhig. „Wir tun dir nichts. Kannst du aufstehen?"

Als Antwort kam wieder das Wimmern.

„Wer ist da?", fragte Paul nervös. Wulf wand sich kurz zu ihm.

„Hol bitte Maria. Mach schnell."

Paul lief zum Karren und kam Augenblicke später mit seiner Frau zurück.

„Paul, hilf mir die Frau aus der Grube zu heben. Hier ist zu wenig Platz", bat er den verblüfften Gefährten.

Paul stieg zusammen mit Wulf vorsichtig in die kleine Wartungsgrube des Hangars hinunter.

Zusammengekrümmt und mit schmerzverzerrtem Gesicht lag eine junge Frau vor ihnen. Sie war kaum älter als zwanzig Jahre und sie lag eindeutig in den Wehen.

„Ganz ruhig. Wir sind keine Grauen. Wir werden dir helfen", versuchte Wulf sie zu beruhigen.

Skeptisch blickte die junge Frau ihn an, ließ sich aber dann doch von ihm und Paul aus der Grube tragen.

Maria war zwischenzeitlich zum Karren zu-
rückgelaufen und hatte eine Decke geholt. Die
Frau wurde vorsichtig darauf gebettet.

Wieder drang ein leises Wimmern aus ihrer
Kehle. „Glaubt Ihr, dass wir es riskieren können,
Wasser zu kochen?", fragte Maria hastig. „Ich
brauche heißes Wasser, ein scharfes Messer und
etwas zum Abbinden der Nabelschnur."

Wulf und Paul sammelten trockene Zweige
und entzündeten ein Feuer, um im gusseisernen
Kessel ihr restliches Wasser aufzukochen. Wulf
hielt die Machete in die Glut und spülte sie dann
mit dem kochenden Wasser ab. Auch eine Nylon-
schnur desinfizierte er im Wasser.

Das Wimmern der Frau hörte plötzlich auf und
die beiden Männer hoben ihre Köpfe, als ein kräf-
tiger, heller Schrei ertönte.

„Ein Junge! Es ist ein Junge!", rief Maria ihnen
zu.

Sie band geschickt die Nabelschnur ab und
durchtrennte sie mit der Machete, die sie von
Paul bekommen hatte. Dann reichte sie das Baby
der jungen Mutter.

„Ein Weißmagier", sagte Wulf der Mutter, die
ihr Baby zärtlich an sich drückte. „Wie heißt du
und wo kommst du her?", fragte er sie.

„Ich heiße Ellen und wohne in einem Dorf, eine Tagesreise von hier entfernt. Heute in der Frü-

he sollte ich mich eigentlich in der Burg melden. Aber ich hatte Angst, dass sie wieder eines meiner Kinder töten. Im letzten Jahr habe ich schon einmal eine Weißmagierin geboren. Sie wurde nicht einmal eine Stunde alt. So bin ich geflüchtet. Als ich gestern hier angekommen bin, habe ich mich hier in der Kuhle vor den Dendraks versteckt. Vorhin, als ihr die Abdeckung entfernt habt, dachte ich, die Grauen hätten mich gefunden. Bitte. Schickt mich nicht zurück. Sie werden mein Kind umbringen." Ellen sah sie mit großen, verzweifelten Augen an.

Beruhigend legte Wulf einen Arm an ihre Schulter. „Du kannst mit uns kommen. Wir sollten jetzt aber schleunigst aufbrechen. Die Grauen werden bereits bemerkt haben, dass du nicht in der Burg bist und sie werden ganz sicher nach dir suchen. Von hier aus werden wir einen großen Bogen fahren müssen, damit wir ihnen nicht in die Hände fallen."

Sie bereiteten Ellen ein bequemes Lager auf der Ladefläche des Karrens und fuhren schnell los. An einem kleinen Bach füllten sie ihre Wasservorräte auf. Ansonsten legten sie keine Rast ein. Als die Sonne sich langsam zum Horizont neigte, fanden sie eine alte, heruntergekommene Hütte in der Nähe eines Waldes und richteten das Nachtquartier ein. Maria fand in der Nähe der Hütte eine große Anzahl an Beeren und Pilzen und bereitete eine einfache, aber schmackhafte, Mahlzeit zu.

Die Nacht verlief ruhig. Dendraks schien es in dieser Gegend nicht zu geben und auch Graue tauchten nicht auf. Wulf vermutete, dass sie nicht damit rechneten, dass Ellen und ihr Kind bereits so weit weg von ihrem Dorf waren.

Sie kamen, trotz des relativ langsamen Ochsenkarrens, schnell voran und erreichten ohne Zwischenfälle die Ausläufer der Alpen. Es gelang ihnen immer wieder in den Vororten von Ruinenstädten oder in verlassenen Bauernhöfen eine sichere Unterkunft zu finden. Wulf ging mehrfach kurz vor der Dämmerung auf die Jagd und bereicherte ihr Speiseangebot durch Hasenbraten und sogar einmal durch einen Hirsch, den er mit Hilfe von Pfeil und Bogen erlegte.

Ortburg – Die Zwillinge

„Setzt euch. Heute will ich überprüfen, wie stark eure magischen Fähigkeiten bereits sind."

Gunnar trug seinen reich verzierten Umhang, von dem er wusste, dass er seine Autorität noch stärker unterstrich.

Gehorsam nahmen die Knaben auf der Bank an der Stirnseite des großen Saales Platz. Sie waren noch nie hier gewesen. Dieser Raum war eigentlich den erwachsenen Grauen für ihre Versammlungen vorbehalten. Sie wollten sich dieser Ehre würdig erweisen. Sie wollten lernen und in der Hierarchie weit aufsteigen. Hel träumte sogar davon, einmal selbst Burgherr zu werden, während sein Zwillingsbruder Non eher praktisch veranlagt war. Ihm schwebte eine Karriere als Befehlshaber des Strafkommandos vor.

Gunnar ließ ihnen keine Zeit, weiter über ihre Zukunft nachzudenken und begann mit dem Unterricht. Non erwies sich als begabt, Gegenstände schweben zu lassen. Auch das Entzünden von Feuer bereitete ihm keine Schwierigkeiten.

Hel dagegen überraschte Gunnar.

Die schwarze Dogge, die niemals von Gunnars Seite wich, konnte er mit Hilfe seiner Gedanken manipulieren. Die harten Augen des Jungen strahlten vor Bösartigkeit, als er den Hund über einen menschlichen Diener herfallen lies, der gerade mit Getränken die Halle betreten hatte.

Der Burgherr beschloss, Hel besonders zu schulen.

Er sah in ihm einen würdigen Nachfolger.

Natürlich würde er sich in Acht nehmen müssen, wenn der Knabe herangereift war. Ihm war bewusst, dass er an dem Zeitpunkt, ab dem Hel seine volle Kraft besaß, in Gefahr schwebte.

Aber der Junge erinnerte ihn stark an ihn selbst. Auch er hatte starke magische Kräfte besessen und hatte seinen Mentor schlagen und die Macht an sich reißen können.

Die Kate

Die Gegend in der sie sich nun befanden war Wulf bekannt. Es wusste, dass nur wenige Kilometer entfernt eine abgesicherte Kate stand. Von außen unscheinbar und anscheinend verfallen, bot sie wenig Anreize für Dendraks, dort nach Menschen zu suchen. Die Kellerräume der Kate, waren mit Lebensmitteln ausgestattet und mit leichten magischen Mitteln versiegelt worden.

Schon nach Erreichen der Kate, konnte Wulf mit einem der Weißen auf telepathischem Weg Kontakt aufnehmen. Ab hier waren sie nicht mehr allein. Man würde Magier schicken, die ihnen auf dem restlichen Weg in die sichere Zuflucht beistehen würden.

Hallo Eleia. Ich habe die Mutter hier bei mir. Bisher ist alles planmäßig verlaufen. Es befinden sich außerdem noch der Ehemann der Mutter und eine weitere Frau mit ihrem neugeborenen weißmagischen Kind bei uns. Schick uns bitte Unterstützung, damit wir sicher zu euch gelangen können.

Das sind wunderbare Neuigkeiten, Wulf. Es werden sich bei Morgengrauen vier unserer Leute zu euch auf den Weg machen. Sie werden spätestens übermorgen früh bei euch sein. Bleibt in der Kate und verhaltet euch ruhig. Die Grauen sind unruhig. Sie suchen auch nach der Mutter.

Wir werden die Kate nicht verlassen und warten hier auf die Unterstützung. Und damit schloss Wulf vorerst den telepathischen Kontakt ab, zu seinen Reisegefährten sprach er: „Wir werden spätestens übermorgen früh von hier abgeholt. Ruht euch aus, die Reise war anstrengend und es liegt noch ein beschwerlicher Weg vor uns, den wir zu einem großen Teil zu Fuß zurücklegen müssen."

Sie richteten sich in der Kate ein und Maria kochte zum ersten Mal seit ihrer Abreise eine vollständige Mahlzeit aus den hier gelagerten Lebensmitteln. Nach dem Mahl sah Paul Wulf nachdenklich an. „Du hast in der Gaststube damals gesagt, dass du schon vor der Umwandlung gelebt hast. Wie war es damals. Es muss ein Paradies gewesen sein, so ganz ohne Graue und Dendraks."

„Ein Paradies? Nein, das war es nicht. Natürlich war das Leben einfacher. Aber jede Zeit hat ihre Gefahren und Sorgen. Es gab Verbrechen, Krieg, Sorgen und Not. Der Mensch ist offensichtlich nicht in der Lage, friedlich mit Seinesgleichen zusammen zu leben."

„Was hast du früher gemacht? Hattest du einen Acker? Warst du Händler? Womit hast du dein Brot verdient?"

„Ich war Journalist. Ich habe über Ereignisse berichtet und sie aufgeschrieben, damit Leute, die nicht dabei waren, davon erfahren konnten. Damals war es üblich, dass die Menschen lesen konnten. Es gab Schulen, in denen die Kinder in Lesen, Schreiben, Rechnen und anderen Dingen unterrichtet wurden. Es gab Geschäfte, in denen man Waren kaufen konnte. Nicht tauschen, so wie jetzt. Es gab Fahrzeuge, die sich ohne Ochsen oder Pferde fortbewegten. Es gab Möglichkeiten, sich mit Leuten zu unterhalten, die viele, viele Kilometer entfernt waren. Man konnte sie sogar sehen, wenn man bestimmte Geräte benutzte."

Die Augen der Gefährten klebten förmlich an seinen Lippen.

„Magie beherrschte niemand. Es gab weder Graue noch Weiße. Auch die Dendraks erschienen zum ersten Mal bei der Umwandlung. Auf der Welt war von einem Augenblick zum anderen keinerlei Technologie zu gebrauchen, stattdessen entdeckten einige Menschen die Magie. Ich kann mich nur daran erinnern, dass die Grauen sehr schnell alle anderen unterjocht haben... Doch nun sollten wir uns besser schlafen legen."

Maria bereitete die Nachtlager und die kleine Gruppe legte sich schlafen.

Wulf überprüfte mit seinen feinen Sinnen noch einmal die Umgebung.

Er sah mit seinem inneren Auge eine Gruppe Hirsche, die am nahen Bach tranken, einen Habicht, der sich gerade auf eine Maus am Boden stürzte, einen einsamen, alten Wolf, der sich über einen erbeuteten Fuchs hermachte und... die Anwesenheit eines Menschen.

Wulf konzentrierte sich auf ihn. Es war eindeutig keine Magie zu spüren. Aber es war möglich, dass es sich um einen Kollaborateur handelte. Sie waren bereits im Einzugsgebiet der Weißmagier. Hierher wurden oft Menschen geschickt, um nach dem Eingang zur Zuflucht zu suchen. Menschen waren nicht so leicht aufzuspüren, wie

Graue oder Dendraks. Wulf beschloss Eleia zu informieren.

Eleia, ich habe gerade die Anwesenheit eines Menschen erspürt. Er befindet sich genau auf dem Weg, den die vier Weißen nehmen werden und ist nur wenige Kilometer von uns entfernt. Ich werde Haal bitten, seine Gedanken zu erforschen. Du bekommst Nachricht, sobald wir Genaueres wissen.

Wulf überprüfte weiter seine Umgebung. Kein magiebegabtes Wesen in einem Umkreis von fünfzig Kilometern war zu entdecken. Bei Einbruch der Morgendämmerung erspürte er ganz am Rande seiner Wahrnehmung vier helle Lichtpunkte, die sich langsam näherten.

Ihre Unterstützung.

Er erkannte die Präsenz von Nagu, Lech, Lina und Eda. Eleia hatte die stärksten Kämpfer ausgesandt, um ihnen beizustehen. Wulf würde die Vier ständig mit einem Teil seines Bewusstseins beobachten bis sie die Kate errecht haben.

Eleia meldete sich in seinem Geist.

Wulf. Der Mensch ist vor den Grauen geflohen. Er hatte versucht, in die Burg nahe unseres Gebietes einzudringen und dort seinen Sohn zu befreien, der gefangen genommen wurde, weil er in den Wäldern der Grauen gejagt hatte. Der Versuch ist gescheitert. Der Sohn ist tot und er selbst ist nur knapp entkommen. Wir sieben Seher haben uns zusammengeschlossen und das gesamte Gebiet rund um die Burg überprüft. Sie haben die Dendraks ausgeschickt, um ihn zu suchen. Die Bestien werden euch heute Abend erreichen. Bleibt in der Kate und verhaltet euch still. Ich habe Haal informiert. Er wird versuchen den Menschen zu finden und ihn unter den Schutz der Gruppe zu nehmen. Der Mensch ist zwar kein Weißer, aber er besitzt bestimmt andere Fähigkeiten, die uns hier von nutzen sein können.

Wulf beschloss, den Menschen auch mit einem Teil seines Bewusstseins zu beobachten.

Die Reisenden waren froh, einen vollen Tag ausruhen zu können. Besonders die beiden Frauen waren sehr erschöpft. Paul holte aus dem nahen Bach frisches Wasser und sammelte Futter für die Ochsen. Wulf überprüfte derweil die Umgebung. Bislang drohte ihnen keine Gefahr. Der Mann, dessen Unterbewusstsein Wulf die ganze Zeit über beobachtet hatte, war in ihre Richtung unterwegs. Vielleicht war er rechtzeitig vor Einbruch der Dunkelheit so weit in der Nähe, dass er ihn in die Kate holen konnte. Gerne würde er heute nach ihm suchen, aber Marias Leben war zu wichtig, als dass er es irgendeiner Gefahr aussetzen konnte.

Maria für Ellens Baby ein Tragetuch aus einem ihrer Umhänge gefertigt.

„Hier probier es einmal aus. Es wird einfacher sein, den kleinen Wulf hiermit zu tragen." Maria reichte Ellen das Tuch.

„Kleiner Wulf?" Wulf sah Ellen erstaunt an. Sie lächelte.

„Ich habe ihn nach dir benannt. Ohne dich wären wir beide nicht mehr am Leben."

Ellen nahm dankbar das Tragetuch und band es sich um.

Sie verbrachten den Tag damit, ihr Gepäck zu sichten und die Dinge herauszusuchen, die sie dringend benötigten um sich nicht unnötig bei dem bevorstehenden Fußmarsches zu belasten. Der Karren würde die letzte Strecke des doch sehr steilen Aufstiegs nicht schaffen. Die Ochsen wollten sie allerdings nach Möglichkeit mitnehmen. Sie den wilden Tieren oder Monstern zum Fraß vorzuwerfen, wenn man sie in der Zuflucht vielleicht noch gebrauchen könnte, sahen alle als große Verschwendung an.

Es war später Nachmittag, als der Mensch, den Wulf in seinen Gedanken beobachtete, den Bach in der Nähe der Kate erreicht hatte. Die Dendraks waren noch mehrere Kilometer entfernt.

Wulf beschloss, die Kate zu verlassen und nach ihm zu suchen.

„Bleib bitte mit der Machete in der Nähe der Tür stehen. Wenn du Dendraks siehst, verriegele sie sofort. Ich werde mich bemerkbar machen, wenn ich wieder zurück bin." Wulf reichte Paul die Waffe und verließ die Kate.

Die Sonne hatte die ersten Baumwipfel im Westen gerade erreicht, als er auf den Gesuchten traf. Zunächst hielt Wulf sich hinter den Bäumen versteckt, um den Mann zu beobachten. Er war gekleidet wie ein normaler Bauer, etwa vierzig Jahre alt und hatte leicht schütteres, blondes Haar. Anscheinend hatte er sich verletzt, denn er humpelte stark.

„Bitte, nicht erschrecken", begann Wulf nach einer kleinen Weile. „Ich habe nicht vor, dir etwas zu tun." Der Mann fuhr herum und umfasste den langen, fast armdicken Stock, den er bisher zum

Abstützen benutzt hatte, wie eine Waffe. Wulf trat mit weit zur Seite ausgestreckten Armen aus seinem Versteck heraus.

„Wer bist du? Was willst du?" Der Mann versuchte einige Schritte zurück zu weichen.

„Mein Name ist Wulf. Ich bin hier, um dich vor den Dendraks zu warnen. Sie sind nur noch wenige Kilometer entfernt. Hier in der Nähe ist eine Kate. Ich schlage dir vor, dich dort zusammen mit uns zu verstecken."

„Mit uns? Wie viele seid ihr?", fragte der Mann vorsichtig.

„Wir sind fünf Personen. Noch ein Mann, zwei Frauen und ein neugeborenes Kind", antwortete Wulf.

„Ich verstehe nicht. Ihr reist mit einem neugeborenen Kind? Haben es die Grauen gestattet?"

„Wir sind auf der Flucht vor den Grauen. Du kannst dich uns anschließen. In nicht allzu weiter Entfernung ist eine Kate, die man gegen die Dendraks absichern kann. Dort bist du erst einmal in Sicherheit. Warte. Ich helfe dir. Du kannst dich auf mich stützen, dann kommen wir schneller voran." Der Mann hatte selbst eingesehen, dass er mit seinem verletzten Bein alleine nicht mehr weit kommen würde. Außerdem brach bald die Nacht herein und die ihn verfolgenden Dendraks würden ihn bald einholen. Er stützte sich auf Wulf und zusammen gingen sie zur Kate zurück.

„Ich danke dir für deine Hilfe. Ich bin Bent."

Paul wartete an der Tür zur Kate und war sichtlich erleichtert, als er Wulf erkannte. Schnell lief er zu den beiden und half, Bent in die Kate zu bringen.

Wulf verriegelte die Tür, überprüfte noch einmal alle

Wände und die Läden an den Fenstern und verwischte mit Hilfe seiner Magie alle Spuren, die auf ihre Anwesenheit deuten könnten.

„Das ist Bent. Er wird uns begleiten. Bent, das sind Maria, Ellen, Paul und Wulf."

Die angesprochenen nickten Bent, ohne weiter nachzufragen, zur Begrüßung zu, der kleine Wulf schlief friedlich in den Armen seiner Mutter. Wulf half Bent, in einer Ecke des Raumes sein Nachtlager aufzuschlagen.

„Morgen früh treffen Freunde hier ein. Sie werden uns helfen. Schlaft jetzt. Wir haben einen anstrengenden Tag vor uns. Einen großen Teil der Strecke werden wir zu Fuß zurücklegen müssen." Wulf sah seine Begleiter eindringlich an.

„Freunde? Wo werden wir hingehen? Die Grauen und ihre Monster sind überall. Wir werden nirgendwo sicher sein", wandte Bent ein.

„Du brauchst dich nicht zu sorgen. Es gibt eine sichere Zufluchtsstätte in den Bergen. Dort werden wir hingehen und meine Freunde werden uns dorthin begleiten. Es ist auch eine Heilerin unter ihnen. Sie wird sich um dein verletztes Bein kümmern. Schlaf jetzt", antwortete Wulf.

Bent sah ihn skeptisch an, legte sich aber auf sein Lager und schlief vor Erschöpfung augenblicklich ein.

Langsam wurde es ruhig in der Kate. Der kleine Wulf lag wohl behütet in den Armen seiner Mutter und schlief, Maria und Paul lagen aneinander gekuschelt in einer Ecke des Raumes und auch Wulf wollte, nach einem kurzen Gedankengespräch mit Eleia, schlafen.

Ortburg – Die Bitte

„Ich habe gerade von den Latbergern eine Nachricht erhalten, dass von dort eine Schwangere geflüchtet ist. Wir sollen helfen, die Gegend abzusuchen", flüsterte Gunnar seinem Verweser zu und blickte missmutig auf das Schreiben, das er in seinen Händen hielt. „Die sollen gefälligst auf ihre Leute selbst aufpassen. Ich hab Wichtigeres zu tun, als meine Zeit mit solch einem Unsinn zu vergeuden. Wütend zerknüllte er das Blatt und warf es in die Flammen des Kamins.

„Herr, ist etwas geschehen?" Hel, der mit seinem Bruder zum Unterricht erschienen war, versuchte seinen verschlagenen Blick unter dem Mantel der Besorgnis zu verstecken.

Gunnar lächelte. An seiner Mimik würde der Junge noch arbeiten müssen.

„Nichts. Auf alle Fälle nichts, was dich vom Üben abhalten sollte. Also, noch einmal von vorn. Ich will die Feuerkugel in der Luft schweben sehen und nicht zitternd wie einen Lämmerschwanz. Konzentration. Der Schlüssel ist Konzentration."

Hel drehte sich zu seiner Kugel, damit Gunnar seine Wut nicht sehen konnte und versuchte, die Kugel unter Kontrolle zu bekommen.

Freunde

Der Mann befindet sich nun bei uns in der Kate. Er hat ein verletztes Bein. Eda wird es sich ansehen müssen, wenn sie hier ankommt. So können wir nicht weiter. Wo sind die anderen?, nahm Wulf geistigen Kontakt zu Eleia auf.

Sie sind nicht weit entfernt. Morgen früh werden sie bei euch sein.

Wulf nickte knapp während er weiter telepathierte.

Ich habe das unbestimmte Gefühl, dass der Mann noch einmal eine wichtige Rolle einnehmen wird. Ich kann dir nicht sagen, wie ich darauf komme. Aber ich lasse ihn nicht zurück.

Ich vertraue auf dein Urteil. Eda wird ihn heilen. Viel Glück!

Bis morgen und Danke.

Wulf hüllte sich in seinen Umhang und schlief ein. Sein Unterbewusstsein prüfte jedoch ständig die Umgebung auf etwaige Gefahren. In der Ferne spürte er die vertrauten Auren seiner Freunde, die er morgen wieder sehen würde. Die Dendraks kamen nicht in die Nähe der Kate. Offensichtlich hatte er die Spuren erfolgreich verwischt.

In den frühen Morgenstunden spürte Wulf die nahe

Anwesenheit seiner vier Freunde. Freudestrahlend öffnete er die Tür der Kate und umarmte sie.

„Kommt herein. Wie war Eure Reise?"

„Wir sind weder Grauen und ebenso keinen Bestien begegnet. Wir sollten aber schnell aufbrechen. Nagu hat einen Wetterumschwung vorhergesehen. Seid Ihr fertig?"

„Wir haben alles gepackt", sprach Wulf. „Eda sollte sich aber noch das Bein unseres neuen Reisegefährten ansehen. Er hat sich verletzt und so kann er nicht mit uns kommen." Wulf stellte die Neuankömmlinge vor und Eda behandelte Bent sofort. Binnen kürzester Zeit konnte er von der Verletzung nichts mehr spüren und sie waren bereit zum Aufbruch.

Zur Mittagszeit wurde das Gelände für den Karren nicht mehr befahrbar. Sie spannten die Ochsen aus, beluden sie mit dem Gepäck und marschierten weiter zu Fuß den immer steiler werdenden Weg hinauf. Es wurde kälter und ein scharfer Wind blies ihnen ins Gesicht. Maria und Ellen, die das Kind in dem Tragetuch mit sich führte, gingen in der Mitte der Gruppe und wurden so ein wenig vor dem Wind geschützt. Immer wieder mussten Pausen eingelegt werden, weil die beiden Frauen vor Erschöpfung kaum mehr einen Fuß vor den anderen setzen konnten. So dauerte es bis zum frühen Abend, dass sie den schmalen

Abzweig erreichten, der sie zu einer unscheinbaren Öffnung im Fels führte.

Wulf blieb plötzlich stehen. Er spürte eine Gefahr.

Es war keine Magie, die auf ihn einstürmte. Er spürte Blutgier, Brutalität und den unbändigen Wunsch zu töten.

Sie waren aufgespürt worden. Das waren Dendraks. Und sie waren schon sehr nahe.

„Dendraks! Lauft!", schrie er gegen den heulenden Wind an. Ohne zu zögern fassten die vier Weißmagier Maria und Ellen unter den Armen und zogen sie schnell die letzten Meter zum Höhleneingang. Paul und Wulf zogen und schoben die Ochsen den Weg hinauf. Die Tiere mussten aber nicht besonders angetrieben werden. Auch sie hatten die Gefahr gewittert. Höher und höher ging es den steilen Weg hinauf. Die Frauen erreichten den Eingang zuerst und betraten die dunkle Höhle. Die Tiere folgten und zuletzt betrat Wulf den Eingang. Schnell legte er eine magische Barriere vor die Höhle. Die Dendraks würden hier nur noch nackten Fels erkennen. Gleichzeitig nahm Wulf Kontakt mit Eleia auf.

Eleia. Der Eingang muss stärker geschützt werden. Wir wurden von Dendraks verfolgt. Ich denke nicht, dass sie gesehen haben, an welcher Stelle wir den Felsen betreten haben. Sollten sie aber Graue hierher führen, weiß ich nicht, ob meine Absicherung ausreichen wird!

Wir werden das sofort erledigen. Seid ihr alle wohlauf? Wie geht es Maria?

Maria ist sehr erschöpft. Ihr Mann wird sie den restlichen Weg durch den Tunnel tragen. Wir wollen kein Risiko eingehen. Wir sind bald bei euch.

Paul nahm die erschöpfte Maria auf seine Arme und Wulf ging der Gruppe voran. Der Boden war glatt und der Weg führte sie immer tiefer in den Felsen. Nach einem Fußmarsch von einer Stunde erreichten sie das Ende des Weges. Vor ihnen tat sich eine weite Ebene auf. Selbst im immer schwächer werdenden Licht des endenden Tages erkannten sie satte Weiden, klare Quellen, die dem Berg entsprangen und Bäche füllten, die die Ebene durchzogen. Zwei Siedlungen aus kleinen, hölzernen Häusern lagen zwischen ausladenden Getreidefeldern und großen Gemüsegärten. In mehreren Gattern sahen sie Rinder und Pferde.

Eine Gruppe in lange, braune Umhänge gehüllte Menschen kam auf sie zu.

„Ich bin Eleia. Wir freuen uns, dass ihr nun bei uns seid. Tara, hol bitte einen Wagen für die beiden Frauen, sie sollen sich nicht weiter anstrengen müssen."

Eine junge Frau lief den Weg zurück zu einer der Siedlungen und kam Augenblicke später mit einem kleinen Wagen zurück, der von einem weißen Pferd gezogen wurde. Paul legte Maria auf die Ladefläche und Bent half Ellen hinauf. Dankbar lächelte ihm Ellen zu. Bent zog seinen Mantel aus und legte ihn vorsichtig um Ellen und das Baby.

Die ersten Sterne waren schon am Himmel über dem

Tal zu sehen, als sie die Siedlung erreichten. Für die Menschen war es ein seltsames Gefühl, um diese Uhrzeit nicht in einer verbarrikadierten Unterkunft zu sitzen, sondern sich noch unter freiem Himmel aufzuhalten. Aber hier gab es keine Dendraks. Hier gab es keine Grauen.

Eleia führte die Gruppe in eines der Häuser.

„Wir haben euch für heute Nacht dieses Haus hergerichtet. Morgen werden wir dann sehen, wie wir euch am besten unterbringen. Morgen werden wir alle eure Fragen beantworten. Erholt euch nun, hier seid Ihr in Sicherheit."

Zögernd betraten die Neuankömmlinge das Haus. Alles sah freundlich und hell aus. Viele Kerzen beleuchteten einen gemütlichen Raum, in dessen Mitte auf einem langen Tisch mehrere Schüsseln mit

Suppe und Körbe mit Brot standen. Neben dem Tisch hatte man eine, mit weißem Tuch ausgelegte, Wiege aufgestellt. Ellen legte das Baby hinein und setzte sich neben die Wiege an den Tisch. Bent setzte sich zu ihr und sprach: „Warte. Ich fülle dir die Suppe auf. Magst du auch eine Scheibe Brot?"

Ellen dankte ihm mit einem kurzen Nicken und einem Lächeln.

Wulf beobachtete die beiden sichtlich erfreut. Sollte sich hier ein Paar gefunden haben? War das der Grund, warum er Bent mitnehmen musste?

Alle waren sehr hungrig und langten tüchtig zu. Eleia sorgte dafür, dass die Schüsseln immer wieder nachgefüllt wurden und man den Tisch, nachdem alle mit der Mahlzeit fertig waren, zügig abräumte.

Einige Männer betraten den Raum, trugen den Tisch hinaus und stattdessen breite, bequeme Pritschen hinein.

„Wie gesagt, das hier ist nur ein Provisorium", erklärte Wulf. „Morgen werdet ihr eure Quartiere zugewiesen bekommen. Ihr seid hier in absoluter Sicherheit. Wir wachen über Euch." Er folgte Eleia hinaus in die Nacht. Draußen wand sie sich an ihn: „Ich habe noch nie eine so starke magische Präsenz wie bei diesem ungeborenen Kind gespürt. Du hattest Recht. Sie ist es. Die Zeit der Befreiung ist nahe. Der Rat hat den Eingang zu unserer Zuflucht versiegelt. Niemand wird ihn bemerken, auch die Grauen nicht. Jetzt geh auch du schlafen. Du hast deine Aufgabe wunderbar erfüllt. Gute Nacht."

Wulf durchquerte das Dorf und betrat ein Haus am Rande der Siedlung, direkt neben einer kleinen Apfelplantage. In diesem Tal war von dem Sturm, der außerhalb der Felsmassive tobte, nichts zu spüren. Die hohen Felsen, die es umgaben, hielten die Wolken zurück und er sah tausende Sterne am Firmament. Aber er wusste auch, dass da draußen noch etwas anderes war. Er spürte die Macht, die die ganze Welt in ihren Klauen hielt. Die sie hielt und erst freigeben würde, wenn das Kind, das das Licht der Welt noch nicht erblickt hatte, seine volle Kraft entwickelt hatte. Alle hier im Tal fieberten diesem Augenblick entgegen. Sie würden das Kind beschützen. Würden ihr Leben dafür geben, dass sie heranreifen und diesem Spuk ein Ende bereiten würde. Wulf ging in seinen Schlafraum und legte sich so wie er war in das breite Bett. Er schlief sofort ein. Ein unerwartetes Geräusch weckte ihn. Zunächst konnte er es nicht einordnen. Es passte nicht in seinen Traum. Er träumte wie immer von Doreen. Da war das Geräusch wieder. Ein leiser, feiner Schrei. Wulf sprang aus dem Bett. Er wusste jetzt, was es war. Er spürte die mächtige Präsenz.

Ortburg – Die Nachricht

„Hör dir das einmal an. Die Latberger haben mir eine Taube mit einer Nachricht geschickt. Ihre Dendraks sind auf einer Gruppe Menschen gestoßen. Sie führten einen Ochsenkarren mit sich. Ein Säugling war auch dabei. Das erinnert mich an die Wirtsleute aus dem Dorf. Aber, das kann nicht sein. Sie hätten es nie so weit schaffen können. Die Dendraks haben die Gruppe im Gebirge verloren. Nun bitten die Latberger, dass wir ihnen einige unserer Leute zur Unterstützung schicken. Eigentlich hatte ich nicht vor, etwas zu unternehmen. Aber ich denke, es ist eine gute Übung für unsere Zwillinge. Sie sind stark. Ihre Magie ist weit entwickelt. Jetzt sollen sie Gelegenheit bekommen, ihre Fähigkeiten in der Praxis auszuprobieren. Ich werde mit ihnen nach Latbergen gehen. Du übernimmst hier in der Zwischenzeit das Kommando." Gunnar schob den Brief in die Tasche seines Umhangs und verließ Falks Büro.

Er traf die Zwillinge in ihren Räumlichkeiten an. Ihre Begeisterung für die Jagd war ihnen anzusehen.

Diener sorgten dafür, dass alles Notwenige auf die Packpferde geladen wurde. Es war nicht abzusehen, wie lange sie unterwegs sein würden.

Lysan

Wulf lief schnell den Hauptweg der Siedlung entlang zum Haus seiner Reisegefährten. Da trat auch schon Eda lächelnd aus der Tür.

„Die kleine Lysan ist da. Es war eine recht schnelle Geburt. Mutter und Kind geht es ausgezeichnet." „Lysan. Ein schöner Name. Und so passend – Heldin der Welt. Es ist viel, was wir von dem Mädchen erwarten." Wulf betrat das Haus. Maria lag mit Lysan auf einem Bett, direkt neben dem warmen Kamin. Die Reisegefährten hatten sich um sie versammelt und bestaunten das kleine Mädchen, das tief und fest an der Brust seiner Mutter schlief. Auch die Nichtmagier spürten, dass es ein außergewöhnliches Kind war.

„Herzlichen Glückwunsch, Maria." Wulf hatte sich an den anderen vorbeigedrängt. „Ein Mädchen und eine starke Weißmagierin."

Maria lächelte ihn an. „Ich bin dir so dankbar. Ohne dich..."

„Schsch... Denk nicht daran. Es wird alles gut." Liebevoll betrachtete er das kleine Wunder, das in Marias Armen lag. Sie war ein so bezauberndes Kind. Dunkle Locken umrahmten ihr Gesicht.

Eleia war in den Raum getreten und komplimentierte alle hinaus. „Lassen wir die beiden jungen Mütter alleine, denn sie müssen sich ausruhen. Die Reise war anstrengend. Kommt. Ich zeige euch das Tal."

Das Klima im Tal war angenehm. Die Berge legten sich wie ein Schutzwall um die sichere Heimstatt. Es wuchs ausreichend Getreide, Obst und Gemüse und es wurden genug Tiere gezüchtet, um alle Einwohner zu versorgen. Der magische Schutzwall sorgte dafür, dass sie vor unliebsamen Besuchern geschützt waren.

Weder die Dendraks, noch die Grauen hatten herausgefunden, wohin die kleine Gruppe verschwunden war.

Lysan und der kleine Wulf wuchsen wohl behütet wie Geschwister auf. Alle kümmerten sich um sie und die Ältesten brachten ihnen ihre besonderen Fähigkeiten näher.

Lysan und der kleine Wulf hatten Spaß am täglichen Unterricht. Sie fanden es lustig, wie sie Dinge schweben lassen konnten, wie sie Aggregatzustände ändern konnten und Lysan machte es besonders große Freude, Tiere zu beeinflussen. Haal erwischte sie mehrfach dabei, wie sie am Gatter zur Kuhweide stand und die Kühe tanzen ließ.

„Lysan! Komm sofort her!", rief Haal aufgebracht.

Lysan fuhr erschrocken zusammen.

„So etwas darf man nicht machen. Auch Kühe sind Lebewesen. Man muss Respekt vor jeder Kreatur haben. Wir sind doch keine Grauen und benehmen uns auch nicht so. Du möchtest doch auch nicht gegen deinen Willen zu etwas gezwungen werden. Jetzt geh. Üb´ andere Dinge."

Mit gesenktem Kopf und einem furchtbar schlechtem Gewissen ging Lysan langsam zu kleinen Wulf, der das Gespräch still verfolgt hatte. „Komm. Wir lassen Steine über das Wasser fliegen", rief er, um sie aufzumuntern. Lachend rannten die beiden Kinder zum nahen Teich. Lysan hatte ihre Lektion gelernt. Nie wieder manipulierte sie Tiere zu unnatürlichem Tun.

Lysan und der kleine Wulf sorgten für helle Aufregung, als es ihnen im Alter von sieben Jahren gelang, die Getreidekörner auf den Halmen, um das Zehnfache zu vergrößern.

Beide Kinder schienen sich momentan in ihren Fähigkeiten kaum zu unterscheiden. Sie waren unzertrennlich. Ständig steckten sie ihre Köpfe zusammen und heckten allerlei Streiche aus. Aber niemand konnte den beiden böse sein.

Das Leben im Tal verlief ruhig. Man konnte sich mit aller zur Verfügung stehenden Kraft um die Ausbildung der beiden starken Weißen kümmern.

Aber man ließ auch die Grauen nicht aus den Augen. Von Zeit zu Zeit wurden Magier ausgesandt, die die Situation außerhalb der Zuflucht beobachteten. Man wollte wissen, ob und wann sich die Grauen zu einem Schlag gegen sie sammelten. Vorsorglich erneuerte man bei jedem Vollmond die magische Barriere. Stets waren es andere Weiße, die für diese Aufgabe gewählt wurden, damit mögliche Aufspürversuche erschwert wurden.

Natürlich war den Grauen bewusst, dass die Auserwählte geboren worden war. Sie suchten intensiv nach ihr, um sie zu vernichten, bevor sie ihre volle Stärke erreicht hatte.

Immer wieder berichteten die zurückkehrenden Weißen von Durchsuchungen und Befragungen der Menschen in den Siedlungen rund um die Burgen. Die Grauen hatten die Suche nach ihnen nicht aufgegeben. Schließlich kannten sie den ungefähren Aufenthalt der Weißmagier.

Latbergen – Angriffsplan

„Wir haben jetzt das gesamte Felsmassiv überprüft. Nichts. Sollten diese dämlichen Dendraks sich geirrt haben? Aber ich kann es mir nicht vorstellen. Aufspüren von Nahrung ist das Einzige, was sie beherrschen. Es muss also einen Zugang geben. Ich selbst habe das Massiv untersucht. Kein Anzeichen eines Durchgangs und keinerlei Anzeichen, dass Magie angewandt wurde. Entweder diese hirnlosen Kreaturen haben sich geirrt oder dort wurde sehr starke Magie gewirkt." Gunnar stellte seinen Becher Rotwein vor Wut mit einem lauten Knall auf den Tisch vor ihm.

„Ich kann mir auch nicht vorstellen, dass sie sich geirrt oder die Unwahrheit erzählt haben", pflichtete Non ihm bei. Er war mittlerweile zu einem starken Schwarzmagier herangewachsen. Seine Kräfte übertrafen die der anderen Grauen bei Weitem. Das Gleiche galt für seinen Zwillingsbruder. Und ihre Kräfte würden sich im Laufe der Zeit noch verstärken.

„Vielleicht sollte ich mir die Gegend einmal selbst ansehen. Wenn Ihr nichts dagegen habt, werde ich morgen mit einigen Wachen losziehen."

„Du hast Recht. Das wird das Beste sein." Gunnar war stolz auf seine beiden Schützlinge.

Sie waren würdige Vertreter der schwarzen Magie.

„Und achte stets auf Anzeichen starker weißer Magie.

Wir müssen dieses Mädchen finden, bevor sie ihre Kräfte voll entwickelt hat. Du weißt, dass sie sonst in der Lage ist, uns unsere Macht zu rauben."

„Ihr könnt Euch auf mich verlassen." Non verließ mit wehendem Umhang den Raum. Das war seine Chance sich zu beweisen.

Angriff und Flucht

Zwölf Jahre waren seit Lysans Geburt vergangen. Bent und Ellen waren mittlerweile ein Paar und Bent kümmerte sich um den kleinen Wulf, als wäre es sein eigener Sohn.

Es war ein traumhafter Sommertag. Wulf hatte vor, mit Bent, Lysan und dem mittlerweile gar nicht mehr so kleinen Wulf eine Klettertour in die Berge zu unternehmen. Der magische Schutzschirm reichte bis zu den Gipfeln der hohen Mauerwände und ihnen würde keinerlei Gefahr vor Grauen oder Dendraks drohen. Auch wilde Tiere wurden von der Barriere abgehalten. Wulf versprach den beiden Müttern, gut auf die Kinder zu achten. In den frühen Morgenstunden brachen sie, ausgestattet mit einem großen Verpflegungs-paket, das die besorgten Mütter zusammenge-stellt hatten, zu ihrem Ausflug auf. Sie wollten am späten Nachmittag zurück sein, um mit den ande-ren Talbewohnern das Mittsommernachtsfest vorzubereiten. Zügig schritten sie aus und waren schon nach kurzer Zeit von der Ansiedlung aus nicht mehr zu sehen.

„Wu, lauf nicht so weit vor!" Bent war fast heiser vom dauernden Rufen. Der kleine Wulf, genannt Wu, hatte einfach zu viel Kraft und tobte sie nun aus. Es war ein herrlicher Tag. Der Blick über das Tal war von dem Bergvorsprung, den Wulf für ihr Picknick ausgewählt hatte, einfach phantastisch.

Lysan und Wu spielten übermütig mit einer Herde Bergziegen, die hier oben, ein unbeschwer-tes Leben führten und sehr zutraulich waren.

„Ly, komm mal her, schau dir das an", rief der kleine Wulf plötzlich und sah irritiert ins Tal hinun-ter. „Die haben schon mit den Feuern von der Mittsommernachtsfeier angefangen. Das ist ge-mein. Onkel Wulf. Lass uns schnell wieder zurück-gehen. Ich will da mitmachen."

Wulf schrak zusammen. Es waren zwar Feuer bei der Feier geplant, aber erst, wenn die Sonne unterginge. Und bis dahin waren es noch mehrere Stunden. „Bleibt hier! Da stimmt etwas nicht. Verhaltet euch ruhig!" Sein barscher Tonfall ließ sie erstarren. Noch nie hatten sie ihn in einer solchen Stimmung gesehen. Wulf streckte seine feinen Sinne nach unten ins Tal aus. Das Entsetzen über das, was er erfuhr, spiegelte sich in seinem Gesicht.

Nimm die Kinder und flieh!, hörte er die sehr schwachen Gedanken Elias'. *Die Grauen haben uns aufgespürt. Sie töten alle Weißen. Flieht! Eda ist entkommen. Sie ist auf dem Weg zu Euch. Sucht die Enklave auf der anderen Seite der Berge. Ich habe Mario informiert, dass Ihr kommt. Er wird Euch entgegenkommen und Euch den Weg weisen. Flieht!*

Dann Bracht die geistige Verbindung ab. Eleia war tot. Wulf konnte im Tal immer weniger Lebenszeichen seiner Freunde erspüren. Dann nur noch die Anwesenheit der Grauen.

Er fuhr herum, als er hörte, wie jemand eilig aus dem Tal zu ihnen herauf lief. Eine kurze Überprüfung der Präsenz ließ ihn aber ruhiger werden. Es war Eda, schluchzend fiel sie ihm in die Arme.

„Sie kamen, kurz nachdem Ihr aufgebrochen seid. Die Grauen haben einen neuen, starken Magier. Er ließ sich von der Barriere nicht täuschen. Damals, bei Eurer Ankunft, hatten die Dendraks wohl die ungefähre Gegend herausgefunden, in der unser Eingang liegt. Der Graue fand den Zugang und brach die Banne, die darauf lagen. Es war schrecklich. Über zweihundert Graue stürmten durch den Tunnel. Wir waren zu überrascht, um sie aufzuhalten. Sie sind tot. Alle tot. Die Grauen zerstören bei ihrer Suche nach Lysan alle Gebäude. Auch unsere Bibliothek. Das Wissen der Vorfahren... Alles ist verbrannt." Die Tränen flossen wie ein unhaltbarer Strom ihre Wangen herunter.

Wulf zuckte zusammen, als er aus dem Tal eine Explosion der Wut zu sich aufsteigen spürte. Die Grauen hatten alle Toten überprüft und festgestellt, dass Lysan nicht unter ihnen war. Sie hatten zwar den größten Teil ihrer Beschützer vernichtet, aber sie selbst war entkommen. Die Grauen schwärmten aus, um sie zu suchen.

„Wir müssen uns beeilen. Sie werden uns hier bald gefunden haben." Wulf und Bent packten schnell die Überreste des Picknicks zusammen. Viel Nahrung war es nicht, die übrig geblieben war und sie würden für ihre Flucht alles brauchen, was sie tragen konnten. „Onkel Wulf, was ist da unten passiert? Ich… Ich spüre Mama nicht mehr." Lysan wollte zurück ins Tal laufen, konnte aber von Bent zurückgehalten werden. „Ihr müsst jetzt ganz stark sein, hört Ihr? Die Grauen haben die Siedlungen überfallen und alle getötet. Wir müssen schnellstens hier weg, bevor sie auch uns auch kriegen."

„Mama ist tot? Aber… Da unten waren doch so viele starke Weiße. Wie… Wie konnte das nur geschehen?" Lysan sah ihn mit vor Entsetzen aufgerissenen Augen an.

„Sie haben die Barriere eingerissen und uns überfallen. Jetzt kommt, schnell. Wir müssen über das Gebirge. Auf der anderen Seite gibt eine andere Zufluchtsstätte. Dort werden wir vorerst sicher sein." Sie mussten den kleinen Wulf mehr ziehen, als dass er selber ging. Er wollte unbedingt zurück, um den Tod seiner Mutter und der vielen Freunde zu rächen.

Stunde um Stunde kletterten sie den Berg hinauf. Und es wurde zunehmend kälter. Sie selbst hatten ja einigermaßen passende Kleidung an, da sie auf einer Klettertour waren. Eda allerdings musste immer wieder gestützt werden, da sie nur einfaches Schuhwerk trug und ständig in Gefahr geriet, abzustürzen.

Die Nacht brach herein und es war nicht mehr möglich, weiter zu klettern. Unter ihnen sahen sie die Lagerfeuer der Verfolger. Sie getrauten sich nicht, selbst ein Feuer anzufachen, um ihren Standort nicht zu verraten.

Wulf hätte sie zwar mit einem magischen Schutz gegen die Kälte umgeben können, aber er wusste nicht, ob der starke Graue die Magie möglicherweise spüren konnte. So rückten sie eng zusammen, um sich gegenseitig vor der Kälte der Nacht zu schützen. Bei der ersten Andeutung der Morgendämmerung rüsteten sie sich zum Aufbruch. Vorsichtig und so leise wie möglich, kletterten sie dem Gipfel entgegen. Die Sonne wurde gerade über dem Bergkamm im Osten sichtbar, als sie die hier noch immer intakte magische Barriere erreichten. Von dieser Seite des Tales war sie einfach zu durchdringen. Ins Tal hinein kam man aber nur, wenn man über ein magisches Passwort verfügte.

Sie überwanden die Barrieren. Wulf hielt an und überlegte kurz. Dann kehrte er die Barriere und den Schutz um. Das würde ihre Verfolger zwar nicht stoppen, sie aber eine gewisse Zeit aufhalten. Sie brauchten jeden nur erdenklichen Vorsprung.

Zwischen den schroffen Felsvorsprüngen machten sie sich an den Abstieg ins nächstgelegene Tal. Es gestaltete sich noch schwieriger, als der Aufstieg, auch weil die Kinder sehr bedrückt waren. Sie hatten die Heimat verloren, ihre Familien und ihre Freunde. Wulf suchte den zurückgelegten Weg immer wieder nach Anzeichen für die Anwesenheit von Grauen ab. Bisher schienen sie aber die Barriere nicht überwunden zu haben.

Wulf. Hier ist Mario. Eleia hat mich über eure Situation informiert, bevor sie…, hörte Wulf plötzlich eine Stimme in seinen Gedanken. *Mein Freund John kommt euch mit zehn meiner Leute entgegen. Steigt weiter so wie bisher ins Tal. Danach wendet euch nach Süden. Wenn alles gut geht, werden sie am späten Nachmittag auf euch treffen.*

Wulf berichtete die gute Nachricht seinen Gefährten. Von der Aussicht beflügelt, bald in Sicherheit zu sein, beschleunigten sie die Schritte und erreichten schnell die Talsohle.

Wie angewiesen wandten sie sich nach Süden. Hier unten kamen sie deutlich schneller voran. An einem kleinen Bach legten sie eine knappe Pause ein und aßen die letzten Vorräte. Eda stöhnte, als sie wieder aufstehen und ihre wunden Füße belasten musste. Sie hatte nicht genug Zeit gehabt, sich selbst zu heilen.

Wir sind in eurer Nähe. Nur noch ein paar Minuten!

Freudestrahlend beschleunigte Wulf seine Schritte und eilte den anderen voraus. Da standen sie vor ihm.

Elf Weiße.

„Ist alles in Ordnung mit euch? Ist jemand verletzt? Eleia ist nicht mehr dazu gekommen uns zu sagen, wie vielen die Flucht gelungen ist. Habt Ihr die Auserwählte bei euch?", stürmte John auf ihn ein. „Wir sind fünf Personen. Nur fünf von dreihundert haben es geschafft. Verletzt ist niemand, aber alle sind wir sehr müde. Eda hat Probleme beim Laufen, da sie nur Sandalen trägt. Und ja, die Auserwählte ist bei uns. Wir sollten uns beeilen in den sicheren Unterschlupf zu gelangen. Ich habe zwar oben am Berggipfel eine Barriere errichtet, sie wird die Grauen aber bestimmt nicht lange aufhalten." In dem Moment schnellte Wulfs Kopf hoch in Richtung des Bergkammes. Die Grauen. Sie hatten die Barriere überwunden und stürmten mit Macht den Berg hinunter.

„Wir müssen los", antwortete er auf die fragenden Blicke. „Sie kommen. Und sie sind schnell." Sie mobilisierten ihre letzten Reserven und folgten Johns Gruppe.

Die Grauen hatten gerade das Tal erreicht, als John auf eine massive Felswand zuging und darin kurz verschwand. Dann tauchte er wieder auf. „Kommt! Schnell! Hier herein!" Sie folgten seiner Aufforderung. John drehte sich noch einmal um und präparierte das Tal so, dass es aussah, als wäre dort eine Gruppe Menschen weiter in Richtung Süden gegangen. Dann folgte er ihnen in den Tunnel und verschloss mit einer starken Barriere den Zugang. Als sie den Tunnel verließen, flossen Eda Tränen über die Wangen. Alles sah ihrer alten Heimat so ähnlich. Auch hier gab es zwei Siedlungen, auch hier lagen Getreidefelder, Obst- und Gemüsegärten, auch hier fand man Weiden mit etlichen Kühen und Pferden.

Wulf nahm sie tröstend in die Arme.

Latbergen – Zuflucht der Weißen

„Hel, komm her! Eine Nachricht von Non. Er hat die Zuflucht der Weißen entdeckt. Die Bande wurde umgebracht. Allerdings ist der Auserwählten die

Flucht gelungen. Non verfolgt sie mit seinen Männern. Es ist also nur noch eine Frage der Zeit, bis wir auch von ihr erlöst sind." Gunnar reichte Hel die Nachricht, die ihm ein Bote vor wenigen Minuten übergeben hatte. „Ihr zwei seid so ein Trost für einen alten Mann."

Hel las die Nachricht sorgfältig. Ein diabolisches Leuchten trat in seine Augen, als er Gunnar wieder ansah, der ihm den Rücken zugekehrt hatte und gedankenverloren aus dem Fenster sah.

Trost?, dachte er… Nun Nachfolger würde ich eher sagen, du alter Narr. Wollen wir doch mal sehen, wie dir diese Lektion schmeckt.

Mit geübten Bewegungen und klaren, kalten Gedanken formte er eine Feuerkugel und schleuderte sie gegen seinen Lehrmeister. Es dauerte nur

Sekunden, bis von Gunnar nur noch ein rauchendes Häuflein Asche übrig blieb.

„Zufrieden, Meister?", fragte Hel. „Da hat nichts mehr gewackelt. Ich denke, Ihr könnt nun zufrieden Arbeit sein. Ich war ein gelehriger Schüler. Doch nun ist meine Zeit gekommen. Nun bin ich der Meister!" Er begab sich in sein Quartier, um seinem Bruder eine Nachricht zu übermitteln.

Ein neues Zuhause

John führte sie in ein lang gestrecktes Haus in der Mitte der ersten Ansiedlung. Es schien das Versammlungshaus zu sein. Viele Talbewohner waren bereits anwesend und als Lysan den Raum betrat, ging ein Raunen durch die Menge. Ihnen war zwar bekannt, dass es die Auserwählte gab, aber sie selbst zu sehen, hier, in ihrer eigenen Zuflucht, das war doch etwas Anderes.

An der Kopfseite des langen Raumes stand ein großer, schwerer Tisch. An ihm saßen sieben Personen. Der Rat der Ansiedlung. Man hatte ihnen Stühle an den Tisch gestellt, auf denen sich die Gruppe dankbar niederließ.

Ihnen wurden Becher mit Milch und Brot gereicht, damit sie sich stärken konnten. Eda nutzte die Gelegenheit, ihre wundgescheuerten Füße zu heilen. Nachdem sie gegessen und getrunken hatten, richtete ein Mann, der in der Mitte des Tisches saß, das Wort an sie. Er war offensichtlich der Vorstand dieser Enklave.

„Ich bin Mario. Es ist schön, euch alle in Sicherheit zu sehen. Gestern hatte mich Eleia kontaktiert. Es war nur ein sehr kurzes Gespräch. Sie erwähnte, dass ihre Ansiedlung von den Grauen angegriffen wurde und dass sie wahrscheinlich keine Chance hätten, den Angriff zu überleben. Dann sagte sie, einer kleinen Gruppe sei die Flucht gelungen und die Auserwählte sei unter ihnen. Danach brach die Gedankenverbindung ab. Wie ist es euch gelungen zu entkommen?"

„Bent und ich waren mit den beiden Kindern auf einem Kletterausflug im Gebirge, als der Angriff stattfand. Ich wurde auch nur kurz von Elea von dem Angriff unterrichtet. Sie konnte nur noch mitteilen, dass Eda auch die Flucht gelungen war und sie sich auf dem Weg zu uns befände. Wir sollten euch suchen, ihr würdet uns Unterstützung schicken und uns aufnehmen", berichtete Wulf den Anwesenden. „Wie haben sie es geschafft, die Barriere zu überwinden? Ich dachte, das sei unmöglich", rief einer der Zuhörer.

„Ich habe gespürt, dass sie einen mächtigen Magier unter sich haben. So viel Präsenz schwarzer Magie habe ich seit Jahrhunderten nicht mehr gefühlt. Die Tarnung und die Barriere scheinen kein Problem für ihn dargestellt zu haben. Als wir damals zur Zuflucht gekommen sind, waren uns

Dendraks auf den Fersen. Ich bin mir absolut sicher, dass sie nicht gesehen haben, an welcher Stelle wir in den Felsen gegangen sind. Aber die ungefähre Gegend werden sie wohl bemerkt haben. Es hat lange gedauert, bis sie uns gefunden haben. Und der starke Graue scheint auch erst seit kurzer Zeit bei ihnen zu sein."

Ein weiteres Murmeln kam aus der Zuhörerschaft. „Kann uns das jetzt nicht auch passieren? Es waren ja Graue hinter euch her und du sagst, der starke Graue war unter ihnen."

Diesmal ergriff John das Wort. „Ich habe eine falsche Fährte bis zum See unten im Tal gelegt. Dort befinden sich auch unzählige Höhlen. Außerdem habe ich den Nachen geopfert. Ich habe ihn weit auf den See geschickt. Er wird sie hoffentlich auf die andere Seite führen und damit viele Kilometer von uns weg."

„Wir wollen hoffen, dass du Recht behältst", antwortete der Vorsteher. „Zur Sicherheit werden sich die stärksten Magier im Anschluss an diese Sitzung zusammenfinden und den Schutzbann verstärken. Und nun sollten sich unsere Gäste von den Strapazen ausruhen. Wulf, kannst du noch einen Augenblick bleiben?"

Die Versammlung war beendet und bis auf Wulf und den Vorsteher verließen alle den großen Raum. „Wulf, ist diese Lysan wirklich die Auserwählte? Du musst meine Frage verstehen. Wir gehen ein hohes Risiko ein, wenn wir euch bei uns behalten." „Du kannst mir vertrauen, sie ist es. So eine starke magische Präsenz habe ich noch nie in meinem Leben bemerkt. Noch nicht einmal der starke Graue kommt an ihre Kräfte heran. Bereits vor ihrer Geburt war ihre Aura stärker, als die jedes anderen Magiers, sei er nun Weiß oder Grau."

„Ich hoffe, du bist mir nicht böse, weil ich dich gefragt habe. Selbstverständlich könnt ihr bei uns bleiben. Wir werden die weitere Ausbildung der Kinder übernehmen. Der Junge ist auch ein Weißer, wie ich bemerkt habe."

„Ja, er ist auch einer von uns. Und er besitzt starke Magie. Nicht so stark wie Lysans, aber sie ist doch enorm. Die Kinder sind jetzt in dem Alter, in dem sie ihre besonderen Fähigkeiten entwickeln. Ich bin wirklich gespannt, welche es sein werden."

„Danke, Wulf. Und nun, leg dich auch hin. Wir werden morgen weiter reden."

Wulf verließ das Gebäude und wurde von einem Bewohner der Siedlung zu den anderen in ein schmuckes kleines Haus geführt.

Die Kinder standen noch unter Schock. Sie saßen still nebeneinander auf einer Bank in der Küche des Hauses und starrten vor sich hin. Eda und Bent setzten sich zu ihnen und schlossen sie tröstend in die Arme.

Die Nacht brach herein. Aber niemand in der Zuflucht war so unbeschwert, wie vor dem Anschlag der Grauen. Bei jedem Geräusch, bei jedem Knistern des Laubes, bei jedem Schnaufen eines Pferdes zuckten die Menschen zusammen. Ihnen war wieder bewusst geworden, dass sie, als Weiße, ständig in Gefahr waren. Und alle hofften auf das Kind, das sie von der Plage der Grauen und der Dendraks befreien würde.

So jedenfalls sagten es die Legenden seit fast eintausend Jahren.

Die Weißen dieser Enklave hatten schon immer gute Beziehungen zu einigen Bewohnern der Dörfer. John beschloss, eines der Dörfer zu besuchen und mögliche Informationen einzuholen. Sie wollten keinerlei Risiko eingehen und jegliche Gerüchte über das Vorgehen der Grauen war wichtig.

Er brach so früh auf, wie es die Sicherheit zuließ. Man hatte einen Karren mit Fässern voller Fische aus dem See im Tal beladen. John würde sich, wie immer, als Fischhändler ausgeben. Man wusste im Dorf, dass er mindestens zwei Mal im Jahr Fisch auf dem Markt verkaufte und es würde nicht auffallen, wenn er nun erschien.

Die Enklave hier hatte einen weiteren Ausgang auf der gegenüberliegenden Seite des Tales. Um nicht von Patrouillen der Grauen, die bestimmt immer noch nach ihnen suchten, bemerkt zu werden, nahm er diesen Ausgang. Die Weißen verschlossen ihn sorgfältig, als John ihn passiert hatte. Tana, ein Mitglied des Rates, blieb in ständigem Kontakt mit ihm.

Wulf erwachte, als John gerade den Tunnel zum Ausgang passiert hatte. Die anderen waren noch zu erschöpft und schliefen weiter.

Er zog sich an und ging zum Versammlungshaus, in der Hoffnung, dort eines der Ratsmitglieder zu treffen.

„Hallo, Wulf. Du bist schon so früh auf den Beinen? Ich habe gedacht, dass du nach der anstrengenden Flucht länger schläfst", begrüßte ihn Mowa, die er gestern auch am Tisch des Rates gesehen hatte. Sie trug, wie alle Verantwortlichen, einen weiten, hellbeigen Umhang, hatte aber die Kapuze nicht aufgesetzt.

„Ich brauche nicht sehr viel Schlaf. Außerdem habe ich mir angewöhnt, selbst im Schlaf die Umgebung mit meinen Sinnen zu beobachten. Außerhalb des Felsmassives waren heute Nacht sehr viele Dendraks und Graue unterwegs. Sie sind aber alle in Richtung des Sees gezogen. Für die Felswände hier hat niemand Interesse gezeigt. Auch die Präsenz des starken Grauen habe ich gespürt. Und eine wahnsinnige Wut, dass er Lysan nicht töten konnte. Sie haben Angst. Und diese Angst macht sie unberechenbar."

„Ich hoffe so sehr, dass Lysan diesen Albtraum endlich beenden kann. Wie weit ist ihre Ausbildung?"

„Nun, sie erforscht gerade ihre magischen Fähigkeiten. Sie ist schon in der Lage, sie gezielt zu steuern. Auch der kleine Wulf ist ein begabter Magier. Beide beherrschen die Kunst, Materie zu vergrößern und Tiere zu manipulieren. Daran muss zwar noch gearbeitet werden, aber mit ein wenig Übung werden sie bald perfekt darin sein."

„Das ist gut zu hören. Haben sich bei einem der Kinder und ich meine jetzt speziell Lysan, schon besondere Fähigkeiten herauskristallisiert? Ich weiß, sie ist noch sehr jung, aber vielleicht ist da schon in Ansätzen etwas zu sehen."

„Bisher noch nicht. Sie hat die normalen Fähigkeiten eines Weißmagiers. Allerdings viel stärker ausgeprägt. Besonderheiten wie Gedankenlesen oder ähnliches habe ich noch nicht bemerkt. Ich weiß, dass du darauf brennst, dass sie ihre Fähigkeiten schnell voll entwickelt und die Tyrannei der Grauen endlich beendet. Aber du musst ihr Zeit geben. Sie ist immerhin nicht nur die Auserwählte, sondern auch ein Kind. Ein Kind, das gerade seine Eltern und viele Freunde verloren hat. Lass sie das erst einmal verkraften. Man kann die Magie nicht zwingen. Sie ist Segen und Fluch zugleich. Lysan wird bereit sein, wenn ihre Zeit gekommen ist."

„Du hast Recht", antwortete Tana. „Sie hat schmerzliche Verluste erlitten. Wir werden auch nicht sofort mit der weiteren Ausbildung beginnen. Sie muss erst einmal wieder zu sich selbst finden. Das gilt auch für den Jungen."

„Ah, ich bemerke gerade, John nähert sich dem Dorf. Er meint, dass die Bewohner ziemlich unruhig sind. Er will sich erst einmal bei seinem Freund, bei dem er auch unterkommen wird, erkundigen, was dort los ist."

John bemerkte auf der Straße viele Menschen in Gruppen zusammen stehen, die sich unterhielten. In einer der Gruppen entdeckte er seinen Freund Kerb. Er stellte den Karren mit den Fischen vor Kerbs Hütte ab. Gerade, als er sich auf den Weg zu seinem Freund machen wollte, bemerkte dieser ihn und kam auf ihn zu.

„Hallo Kerb, alter Freund. Was ist denn los? Was sind das für ungewöhnliche Versammlungen?" „Heute Morgen sind die Grauen ins Dorf gekommen und haben jedes Haus gründlich untersucht. Sie haben nicht gesagt, was sie suchen, scheinen aber nichts gefunden zu haben. Kurz bevor sie das Dorf wieder verließen, haben sie die Sperrstunde verändert. Niemand darf zwischen sieben Uhr abends bis sieben Uhr morgens auf der Straße angetroffen werden. Die Dendraks werden länger unterwegs sein. Es wurde den Dorfbewohnern unter Androhung von Strafe verboten, Kinder, die nicht zum Dorf gehören, in ihre Häuser aufzunehmen. Man kündigte an, dass man die Einhaltung dieser neuen Vorschrift überprüfen werde."

„Das ist ja äußerst merkwürdig", bemerkte John.

„Komm, lass uns ins Haus gehen. Dort können wir uns ungestörter unterhalten." John und Kerb luden die Fässer mit Fisch vom Karren und trugen sie ins Haus.

Wulf hatte in Johns Gedanken das Gespräch angespannt verfolgt und berichtete Tana.

„Sie haben die Spur verloren." Tana war erleichtert. „Wir sollten trotzdem sehr vorsichtig sein. Zu viel steht auf dem Spiel", antwortete Wulf.

John verkaufte die Fische noch am gleichen Tag und erwarb dafür Obst und Gemüse. Die Nacht wollte er im Haus seines Freundes verbringen.

„Wenn du nichts dagegen hast, werde ich in zwei Monaten noch einmal vorbeischauen. Ich möchte mir größere Vorräte anlegen. Im letzten

Winter ist einiges zu schnell zur Neige gegangen." John beabsichtigte zu dieser Zeit die Lage erneut zu überprüfen. Vielleicht erfuhr er dann Neuigkeiten von den Grauen.

„Onkel Wulf?", hörte Wulf Lysan von draußen her rufen.

„Bist du hier drinnen?"

„Ja, Kleines. Ich bin gleich bei dir. Geh erst einmal Frühstücken. Ich komme gleich."

„Onkel Wulf, bitte! Es ist dringend!", hörte er ihre ungeduldige Stimme.

„Geh ruhig. Ich werde dich informieren, sobald ich etwas Neues weiß", sagte Tana lächelnd.

Wulf verließ das Versammlungshaus.

„Was gibt es denn so Wichtiges, dass du dafür das Frühstück ...", Wulf stockte mitten im Satz. Das was er da sah, verschlug ihm die Sprache. Lysan schwebte mehrere Zentimeter über dem Boden. Und nicht nur das. Sie löste sich vor seinen Augen auf.

„Lysan? Lysan, wo bist du?" Panik ergriff ihn. So etwas hatte er noch nie erlebt. Und er hatte in seinem langen Leben schon die unmöglichsten Dinge gesehen.

„Ich bin hier, Onkel Wulf. Direkt vor dir", hörte er ihre Stimme, nur wenige Zentimeter von seinem Ohr entfernt. „Moment. Ich mach, dass du mich wieder sehen kannst."

Zunächst waren nur die Umrisse des Mädchens zu erkennen. Doch nach und nach schien sie an Substanz zu gewinnen und schwebte schließlich vor ihm.

„Ups", sagte sie und dann stand sie wieder mit beiden Beinen auf dem Boden. „Ich hab vergessen, dass ich noch geflogen bin." Lysan strahlte ihn an. Für einen kurzen Augenblick schien sie ihr Leid vergessen zu haben.

„Wie hast du das gemacht?", fragte Wulf entgeistert. „Na ja, du warst nicht da, als Wu und ich aufgewacht sind und Eda und Bent haben noch geschlafen. Da haben Wu und ich beschlossen, dass wir vor dem Frühstück Verstecken spielen. Wu musste mich suchen. Ich hab gehört, dass er auf mein Versteck zukam. Ich konnte mich nicht woanders verstecken. Das war der einzige Heuhaufen weit und breit. Da hab ich die Augen zugemacht und mir ganz doll gewünscht, dass mich Wu nicht sehen kann. Der ist dann um den Heuhaufen herum und direkt in mich reingelaufen. Der hat sich vielleicht erschreckt." Lysan lachte. „Dann hab ich mir ganz doll gewünscht, dass ich wieder gesehen werden kann. Und das hat auch geklappt. Wu war begeistert. Er meinte, so was würde er auch gerne können. Aber noch viel lieber würde er fliegen können. Na ja, ich hab's mal ausprobiert. Ich kann aber nur ein ganz klein wenig schweben. Und das Unsichtbarsein geht auch nicht lange."

„Kind." Wulf nahm Lysan in seine Arme. „Das ist ja wunderbar. Dass du länger unsichtbar bleiben kannst und höher schweben, das ist alles nur eine Sache der Übung. Pass auf. Bald kannst du so hoch fliegen, wieder der Adler dort oben."

„Wow. Das ist aber mächtig hoch." Lysan folgte Wulfs Blick zum Himmel, wo ein Adler seine Runden drehte. „Da ist es bestimmt kalt. Dann muss ich mich aber dick anziehen."

Wulf lachte und ging mit Lysan zurück zu ihrem Haus, um dort in aller Ruhe zu frühstücken.

Latbergen – Suche

„Wir werden das Gör schon noch finden. Irgendwo muss sie ja stecken." Non schlug wütend mit der Faust auf den Eichentisch vor ihm. „Ich vermute ja, dass sie in einem der Dörfer versteckt wird und habe Anweisung gegeben in unregelmäßigen Abständen Durchsuchungen durchzuführen. Irgendwann werden wir sie und ihre Helfer schon aufspüren."

„Du hast Recht, Bruder", antwortete Hel. „Wir werden sie bald haben. Keine Sorge."

Non und Hel prosteten sich selbstgefällig zu.

„Und jetzt, da uns dieser alte Narr nicht mehr im Wege steht, wird es uns noch schneller gelingen. He, du! Bring uns noch mehr Wein!", befahl Hel dem Diener, der ehrfürchtig neben der Tür auf Befehle seiner Herren wartete. Als er den Raum verlassen hatte, beugte sich Non zu seinem Bruder.

„Wir sollten die Bauern auch für uns suchen lassen. Freiwillig werden sie es nicht tun. Wir werden sie manipulieren müssen. Ich werde versuchen, ihre Gedanken zu beeinflussen. Bei Tieren gelingt es mir ja auch. Ein wenig Übung und es wird schon klappen. Besonders intelligent sind sie ja nicht. Sie werden sich mir kaum widersetzen können."

„Ausgezeichnet, Bruder. Je mehr Helfer wir haben, umso besser."

Entwicklung

John kehrte am nächsten Tag zurück. Er berichtete noch einmal, dass die Dorfbewohner in Angst und Schrecken lebten, seit die Grauen angekündigt hatten, die Durchsuchungen der Häuser wiederholen zu wollen.

Lysan übte intensiv ihre neuen Fähigkeiten. Allerdings war sie sehr enttäuscht, als sich bei Wu auch eine besondere Fähigkeit herausbildete. Er war in der Lage, jedes Wesen, nach dem er suchte, mit seinen Sinnen aufzuspüren. Fortan konnte sich Lysan nicht mehr vor ihm verstecken.

Auch das Schweben machte Fortschritte. Bereits nach einer Woche war sie in der Lage, über eines der Häuser zu schweben, nach einem Monat gelang es ihr, die Siedlung zu überfliegen, ohne auch nur ein einziges Mal den Boden zu berühren.

Langsam neigte sich das Jahr dem Ende zu und es wurde kälter. An den immer länger werdenden Abenden saß Wulf mit den Kindern am Kamin und lehrte sie Lesen, Schreiben und Rechnen. Er erzählte ihnen Geschichten aus der Zeit vor der Verwandlung und die Kinder staunten nicht schlecht, als er ihnen von Autos, Flugzeugen und Computern berichtete. „Onkel Wulf", fragte der kleine Wulf. „Warum funktionieren diese Dinge denn nicht mehr?"

„Nun, kurz vor der Verwandlung hatten die Menschen eine Wolke bemerkt, die tief aus dem Weltall kam. Ich vermute, dass sich diese Wolke um die Erde gelegt hat und all diese Veränderungen bewirkte. Früher gab es Elektrizität. Es gab Maschinen. Nach der Veränderung konnte man sie einfach nicht mehr zum Funktionieren bringen. Und wenige Tage später entstanden viele Todeszonen.

Wisst Ihr, um die Maschinen bedienen zu können, brauchte man eine Kraft. Sie nennt sich Elektrizität. Diese Elektrizität wurde, unter anderem, in so genannten Kernkraftwerken produziert. Da hinein kamen Stäbe aus einem gefährlichen Material. Um es unter Kontrolle zu halten, musste es ständig überwacht und gekühlt werden. Als keine Maschinen mehr funktionierten, konnten die Stäbe auch nicht mehr gekühlt werden und es kam zu schrecklichen Katastrophen. Am Tag der Veränderungen verwandelten sich einige Menschen in Weiße, andere in Graue und einige in Dendraks. Einige dieser Weißen und Grauen befanden sich aber zum Glück in der Nähe eines Kraftwerks und konnten so, je nach ihren Fähigkeiten, entweder das gefährliche Material in etwas Ungefährliches umwandeln, oder einen Schutzwall um die Kraftwerke legen, damit die Katastrophe auf einen kleinen Raum begrenzt wurde. Aber das war nicht bei allen Kraftwerken der Fall. Einige verseuchten die Gegend in einem Umkreis von mehreren hundert Kilometern. Aus diesem Grunde gibt es auch sehr viel weniger Menschen als vor der Verwandlung. Viele sind an den Folgen dieser Katastrophe gestorben. Und nun wieder zu den Weißen, Grauen und Dendraks. Es gibt seit der Zeit der Verwandlung eine Legende. Sie besagt, dass eines Tages ein Mädchen geboren wird. Eine Weiße mit unglaublichen Kräften. Sie wird dafür sorgen, dass die Wolke sich wieder von der Erde löst und dann wird es keine Magie mehr auf der Erde geben. Keine Weißen, keine Grauen und auch keine Dendraks. Und man wird wieder funktionierende Maschinen bauen können."

Die beiden Kinder hatten ihm fast andächtig zugehört.

„Onkel Wulf, dieses Mädchen ... Ich habe gehört, dass die Leute hier Ly für eine Auserwählte halten. Ist sie die, die dafür sorgt, dass die Magie verschwindet?" Wu blickte Wulf fragend an.

„Ja, wir vermuten es. Ly, du hast wirklich außergewöhnlich starke Kräfte. Du hast zwei Fähigkeiten, die ich noch nie bei anderen Magiern gesehen habe ..."

Lysan fiel ihm ins Wort. „Onkel Wulf. Ich kann nicht nur fliegen und mich unsichtbar machen. Vorhin hab ich Tante Eda versucht zu helfen. Sie wollte Feuer im Kamin machen. Das hab ich gemacht. Ich hab aber keinen Feuerstein nehmen müssen. Ich wollte, dass das Holz im Kamin brennt und dann brannte es plötzlich. Na ja. Es brannte nicht nur im Kamin. Da ist doch dieses Fell vor dem Teppich. Das hat auch gebrannt. Ich hab Angst bekommen und mir gewünscht, dass Wasser da wäre, damit das Feuer gelöscht wird. Auf einmal war das Fell nass und das Feuer aus. Da ist jetzt aber ein Loch im Fell. Tut mir Leid. Bist du jetzt böse auf mich?", sprudelte es aus ihr heraus.

Lysan sah Wulf mit diesem treuen Blick an, von dem sie wusste, dass sie damit bei Wulf alles erreichen konnte.

„Natürlich bin ich nicht böse auf dich. Wenn du aber noch einmal feststellst, dass du eine Fähigkeit hast, die du vorher nicht hattest, dann sag mir oder einem der anderen Erwachsenen Bescheid, bevor du sie ausprobierst. Versprochen?"

„Versprochen", sagte Ly erleichtert.

Eda kam mit zwei Bechern heißer Milch herein und reichte sie den Kindern.

„Hast du wieder von der Vergangenheit und all den

Wundern erzählt, die es früher gab?", fragte sie Wulf. „Die Kinder haben ja vor Aufregung ganz rote Wangen. Sie werden heute Nacht bestimmt davon träumen."

„Ja", meinte der kleine Wulf begeistert. „Ich werde von schnellen Autos träumen und davon, mit einem Flugzeug zu fliegen. Und in meinen Träumen werd ich viel höher und schneller fliegen können, als Ly." Eda rollte die Augen.

„Siehst du, was du mit deinen Geschichten angerichtet hast? Der Junge wird vor Aufregung kein

Auge zumachen. Und wie ich Ly kenne, wird sie auch nicht schlafen können. Sie werden beide die ganze Nacht in ihren Betten sitzen und sich erzählen, was sie alles gemacht hätten, wenn es die Verwandlung nicht gegeben hätte."

„Die Kinder sollen ruhig von der Vergangenheit der Menschen erfahren. Und eine Nacht, in der man mit einem Freund in der Dunkelheit sitzt und sich Geschichten erzählt, hat noch niemandem geschadet. So, Ihr Racker. Trinkt eure Milch und dann ab ins Bett. Eda, bringst du die beiden auf ihr Zimmer? Ich muss noch einmal zu Tana."

„Sicher. Das ist kein Problem. Nehmt eure Becher mit und dann ab nach nebenan."

Wulf warf sich seinen langen Umhang über und ging zum Versammlungshaus. Tana erwartete ihn.

„Ich habe gespürt, dass du mich heute noch aufsuchen willst. Was ist geschehen?", begann sie.

„Lysan hat zwei weitere Fähigkeiten. Sie ist nun in der Lage, Feuer und Wasser zu erschaffen. Ihre Kräfte werden immer umfangreicher. Wir sollten Ihre Unterrichtsstunden ausdehnen, damit sie jede ihrer Fähigkeiten trainieren kann."

„Das sehe ich genauso. Morgen früh werde ich mich mit dem Rat zusammensetzen und wir werden besprechen, wer für diese Aufgaben am besten geeignet ist. Sie entwickelt sich schneller, als ich in meinen kühnsten Träumen gehofft habe. Wir sehen uns morgen früh dann hier. Bring Lysan mit." Wulf verabschiedete sich und ging zurück zu seinem Haus. Eda kam gerade aus den Schlafräumen zurück, als er das Haus betrat.

„Ich hab dir ja gesagt, dass sie nicht schlafen werden. Sie sitzen in ihren Betten und erzählen sich Geschichten."

„Lass sie doch. Ich bin so froh, dass sie alles so einfach verkraften. Sie haben in ihrem jungen Leben schon so viel mitgemacht. Und du musst dir keine Sorgen machen. Sie werden gleich schlafen. Es ist ein anstrengender und aufregender Tag gewesen." Als Wulf nach einer Stunde sein Zimmer aufsuchte, hörte er nur noch leises Schnarchen aus dem Raum der beiden Kinder.

In den nächsten Tagen begann der Einzelunterricht. Tagsüber lernten die Kinder ihre Fähigkeiten immer besser zu nutzen, abends lernten sie weiter Lesen, Schreiben und Rechnen und lauschten vor dem Schlafengehen den spannenden Geschichten, die Wulf erzählte.

Er wollte ihnen so viel beibringen, wie er nur konnte. Sie sollten wissen, wie es war, wenn keine Wolke um die Erde geschlungen war, die allen technischen Fortschritt unterdrückte. Sie lernten die alten Gedichte, die Wulf noch in Erinnerung waren und erfuhren von bedeutenden Männern und Frauen und was sie für die Menschheit geleistet hatten. Sie hörten aber auch von den großen Fehlern, die in der Geschichte gemacht wurden, damit die Lehren, die daraus gezogen werden mussten, nicht in   Vergessenheit gerieten und diese Fehler sich nicht noch einmal wiederholten.

In diesem Rhythmus verging die Zeit und die Kinder wuchsen heran.

Lysan machte in kurzer Zeit große Fortschritte. Bereits nach einem Monat war sie in der Lage Feuer gezielt und in jeder beliebigen Größe entstehen zu lassen. Das Heraufbeschwören von Wasser entpuppte sich als Segen in dem folgenden trockenen Sommer. Sie bewässerte mit Hilfe ihrer Magie sowohl die Getreide- und Gemüsefelder, als auch die Obstgärten und sorgte für ausreichend Wasser für Mensch und Tier.

Als Lysan gerade vierzehn Jahre alt wurde, konnte sie den Wind beherrschen.

Über dem Tal zog sich ein fürchterliches Unwetter zusammen. Der erste Regen klatschte in dicken Tropfen hinunter und nach einer kurzen Zeit mischten sich schwere, dicke Hagelkörner darunter. Lysan befand sich mit Wu auf den Feldern und sie lasen sich selbst geschriebene Geschichten vor, als der Regen einsetzte.

Beide liefen schnell in Richtung der Siedlung. Aber sie waren nicht schnell genug. Die ersten dicken Hagelkörner knallten vom Himmel hinunter. Wu wurde getroffen und schrie vor Schmerz auf. Lysan lief zu ihm. Wütend über die Naturgewalten blickte sie zum Himmel. Sie konzentrierte sich. Sie wollte, dass die Wolken verschwanden. Sie wollte es mit aller Kraft.

Ein Wind kam auf. Hier unten im Tal war er nicht so sehr zu spüren, aber, wenn man hinaufblickte zu den dunklen, schweren Wolken, sah man sie in einer unglaublichen Geschwindigkeit nach allen Seiten aufreißen. Der Regen ließ nach und die Hagelattacken verschwanden. Über dem Tal war nur noch blauer Himmel zu sehen.

Lysan wandte sich zu ihrem Freund, der mit schmerzverzerrtem Gesicht vor ihr lag. Ein Hagelkorn hatte eine blutende Wunde auf seiner Stirn hinterlassen.

„Tut es sehr weh?", fragte sie. „Wir müssen sofort zu Eda. Sie muss die Blutung stillen."

„Eda ist doch heute mit John ins Dorf gefahren, um Fische zu verkaufen und Informationen über die Grauen einzuholen. Sie kommt erst heute Abend wieder zurück", antwortete Wu.

„So lange kannst du aber nicht warten. Es blutet fürchterlich."

Lysan überlegte. Sie hatte schon so viele Dinge einfach gekonnt, wenn sie sich nur fest darauf konzentrierte. Warum sollte es mit dem Heilen anders sein.

„Ich werde versuchen, es selbst zu machen. Vertraust du mir?"

Wu blickte sie skeptisch an, nickte dann aber.

Lysan legte, wie sie es bei Eda gesehen hatte, eine Hand auf die blutende Stirn und konzentrierte sich. Sie wollte ganz fest, dass die Wunde sich wieder schloss. Sie konzentrierte sich auf den blutenden Riss. Und plötzlich war es ganz einfach. Es war, als könne sie mit den Zellen sprechen. Sie sah sie ganz deutlich vor sich. Schicht um Schicht befahl sie den Zellen, sich wieder zusammenzufügen. Schicht um Schicht wurde die Wunde kleiner. Nachdem sich die äußerste Hautschicht auch geschlossen hatte, entspannte sie sich, betrachtete ihr Werk und meinte lächelnd zu Wu:

„Fertig. Dein Kopf sieht hübscher aus als vorher." Wu knuffte sie kameradschaftlich in die Seite.

„Danke. Lass uns zurück. Tana will doch immer sofort wissen, wenn du etwas Neues kannst."

Die Kinder liefen zum langen Versammlungshaus. „Tana! Tana! Ly kann heilen und sie kann Wolken wegpusten. Hat sie grade gemacht."

„Langsam, Kinder. Was ist genau geschehen?"
Und die Kinder berichteten aufgeregt, was geschehen war.

Tara sah sich Wus Stirn an. Es war nicht einmal eine Narbe zurückgeblieben, lediglich ein wenig Blut war auf der Stirn verschmiert.

„Das hast du gut gemacht, Lysan. Wenn Eda nachher zurück ist, werde ich mich mit ihr absprechen. Sie kann dir einige Tricks und Kniffe zeigen, wie man noch besser heilt. Schön, dass ihr so schnell Bescheid gegeben habt. Wenn euch noch etwas auffällt, kommt einfach zu mir. Egal, um welche Tageszeit. So. Jetzt geht wieder spielen."

Tana blickte den Kindern nach, bis sie auf den Getreidefeldern verschwunden waren. Lysan entwickelte sich schneller, als sie es für möglich gehalten hatte. Sie sollte eine Versammlung des Rates einberufen. Es musste entschieden werden, wie sie weiter vorgehen wollten.

Latbergen – Wut

„Das darf doch nicht wahr sein. Immer noch kein Erfolg. Sie ist wie vom Erdboden verschwunden. Ich denke, dass ich mich selbst auf die Suche machen werde."

„Hel, immer mit der Ruhe. Du kennst meinen Plan. Aber er benötigt noch einige Vorbereitung und Übung. Die Manipulation von Menschen ist doch nicht so einfach, wie ich es mir vorgestellt habe. Aber ich mache Fortschritte. Nach dem Abendessen werde ich es dir zeigen. Du wirst begeistert sein."

Non stand vor dem Fenster und beobachtete eine Gruppe schwangerer Frauen, die gerade zur Entbindung zur Burg gebracht wurden. Er würde sich persönlich um die Säuglinge kümmern.

Wulfs Geschichte

Als das Abendessen gerade beendet war, wurde Wulf in den Versammlungssaal gerufen. Es war der gesamte Rat anwesend.

„Hallo Wulf. Schön, dass du kommen konntest. Wir müssen uns über Lysan unterhalten. Du hast mitbekommen, dass sie wieder neue Fähigkeiten erworben hat und wir wollen einen Plan ausarbeiten, wie wir ihre Fähigkeiten fördern können, aber auch, wie wir herausfinden, ob sie nicht noch weitere besitzt, von denen wir bisher keine Ahnung haben."

„Nun", antwortete Wulf, „Sie ist bisher in der Lage, Dinge zu vergrößern, Tiere in geringem Umfang zu manipulieren, sie kann schweben, sich unsichtbar machen, sie kann Wasser und Feuer heraufbeschwören, sie beherrscht offenbar den Wind und sie kann offensichtlich auch heilen. Wobei diese letzten Fähigkeiten erst heute aufgetreten sind und noch weiter trainiert werden müssen."

„Gut. Stellen wir einen Stundenplan auf. Wulf trainiert mit ihr, wie bisher, die Fähigkeiten zu schweben und sich unsichtbar zu machen. Eda, du trainierst mit ihr das Heilen. John, du bist für Veränderungen von Pflanzen und Lek, du für die Manipulation von Tieren zuständig. Hola, du beherrscht bis zu einem gewissen Grad das Heraufbeschwören von Wasser und Feuer. Du wirst also diese Fähigkeiten mit ihr üben. Ich selbst werde versuchen herauszufinden, ob noch weitere Fähigkeiten in ihr schlummern."

„Wir sollten sie dabei aber nicht überfordern. Sie ist immer noch ein Kind. Das sollten wir nicht vergessen", wandte Eda ein.

„Du hast Recht. Es sollten immer nur zwei Fähigkeiten pro Tag trainiert werden. Und wir sollten auch den kleinen Wulf nicht vergessen. Ich werde mich selbst um seine Ausbildung kümmern.

Er scheint auch ein paar prächtige Anlagen zu besitzen." Tana beendete damit die Sitzung.

Die Lehrer versuchten, ihren Unterricht spielerisch zu gestalten. Es sollte Lysan Freude bereiten, ihre Fähigkeiten zu trainieren und neue zu erlernen. So war sie ständig motiviert und begierig darauf, immer besser zu werden.

Eines Abends kam Wulf heim. Einer der Landwirte der Siedlung hatte eine Kuh geschlachtet und Wulf ein Steak geschenkt. Wulf legte es gerade auf den großen Küchentisch, als die beiden Kinder hereinstürmten.

„Huhu, Onkel Wulf. Was ist denn da in dem Tuch?", fragte Wu neugierig.

„Terk hat mir ein Steak geschenkt. Wir müssen jetzt überlegen, wie wir es am besten aufteilen. Es wäre ja gemein, wenn nur einer heute Fleisch bekommt und die anderen derweil Hirsebrei essen müssen." Er wickelte das Stück Fleisch aus dem Tuch. Lysan sah es lange und sehr konzentriert an. Wulf bemerkte die Anstrengung, die sich in ihrem Gesicht spiegelte.

„Hast du irgendetwas?", fragte er sie erstaunt. „Warte einen Augenblick, ich probier was aus", kam die Antwort.

Lysan schloss die Augen. Sie konzentrierte sich auf die Fleischscheibe. Wu sprang erschrocken zurück, als sich über der Scheibe ein feiner, weißer Nebel bildete. Der Nebel verdichtete sich, wurde größer und größer, bis er fast den gesamten Tisch bedeckte. Dann plötzlich fiel der Nebel in sich zusammen und war urplötzlich verschwunden. An seiner Stelle konnte man nun, anstelle eines Steaks fünf Steaks erkennen. Eines sah so aus, wie das andere. Begeistert über ihren Erfolg, klatsche Lysan in die Hände.

„Das ist echt toll. Heute gibt's für alle Steak", rief Wu begeistert und holte die Pfanne aus dem kleinen Küchenschrank.

„Was ist denn hier los?" Eda hatte nun auch die Küche betreten.

„Ly hat aus einem Steak fünf gemacht. Heute gibt's tolles Abendessen." Mittlerweile hatte er Teller und Brot auf den Tisch gestellt.

Eda sah Lysan erstaunt an. „Seit wann kannst du das denn?"

„Ich hab es gerade zum ersten Mal ausprobiert. Tana sagte, ich soll einfach alles ausprobieren, was ich mag. Aber ich soll immer einen Erwachsenen dabei haben. Kann ja mal schief gehen, so wie beim Feuer." Sie lachte. „Und jetzt essen wir, ich hab 'nen riesen Hunger."

Die Mahlzeit verlief in fröhlicher Atmosphäre. Alle hatten ihren Spaß, als Ly und Wu sich gegenseitig Brotscheiben auf die Teller schweben ließen.

Nach dem Essen versammelten sie sich vor dem Kamin im Wohnraum und Wulf begeisterte sie wieder einmal mit Geschichten, aus der Zeit vor der Verwandlung. Die Kinder hörten mit leuchtenden Augen zu, als Wulf von seinen Reisen in ferne Länder berichtete, von fremden Kulturen, von Wüsten, Ozeanen und den großen und kleinen Lebewesen, die überall auf der Welt lebten.

Es wurde ein langer und schöner Abend und als sie endlich ins Bett gingen, schliefen sie mit einem Lächeln ein.

Der Winter brach mit aller Macht herein. Die Schneedecke im Tal wurde so dick, dass es mühsam war, sich im Freien aufzuhalten. So verbrachten sie die meiste Zeit des Tages im Haus.

„Onkel Wulf", begann Lysan eines Abends. „Du hast uns ja erzählt, wie es vor der Verwandlung war und auch, wie Weiße, Graue und Dendraks entstanden sind. Aber, wieso wurden die Grauen so stark? Wieso beherrschen sie alles? Die Magie der Weißen ist doch nicht schlechter. Und was ist nach der Verwandlung geschehen?"

„Du hast Recht. Die Magie der Weißen und der Grauen ist gleich stark. Aber die Grauen sind skrupellos. Als sie merkten, was sie waren, schlossen sie sich zusammen und unterdrückten die übrigen Menschen. Aber ich werde am besten meine eigene Geschichte erzählen. Dann könnt Ihr euch ein Bild machen, wie es damals war. Wartet, ich hole mein Buch. Dort habe ich alles notiert."

Wulf verließ den Raum und kam Augenblicke später mit dem uralten Buch zurück, aus dem er schon damals in der Schänke vorgelesen hatte. Vorsichtig blätterte er zur letzten Geschichte und begann: „Ich habe erst sehr spät bemerkt, dass ich über magische Kräfte verfüge. Ich lebte damals, zusammen mit meiner Frau Doreen, in einem Hochhaus, in dem viele Menschen Wohnungen besaßen. Meine Frau erwartete ein Baby. Am Tag der Umwandlung hatte sie einen Termin bei ihrem Arzt. Ein Arzt ist so etwas wie ein Heiler", erklärte Wulf den Kindern. Er blätterte vorsichtig eine Buchseite um und begann zu lesen.

„Ich wollte sie begleiten. An diesem Tag sollte eine Ultraschalluntersuchung gemacht werden. Dabei kann man auf einem Bild dann sehen, wie das Baby aussieht. Wir haben uns beide schon sehr darauf gefreut. Doreen weckte mich. Es war schon ziemlich spät und eigentlich wollten wir früher aufstehen. Aber der Wecker hatte nicht geklingelt. Er war um zwei Uhr morgens stehen geblieben. Auch alle anderen Geräte, die mit Strom betrieben wurden, funktionierten nicht. Zunächst dachten wir, dass es ein ganz normaler Stromausfall wäre. Wir zogen uns also an und beschlossen, vor dem Arztbesuch in der Stadt zu frühstücken. Der Fahrstuhl, ein kleiner Raum, der innerhalb eines Hauses hoch und runter fährt und einem damit das Treppensteigen erspart," unterbrach er kurz seine Erzählung, „ließ sich auch nicht öffnen. Also gingen wir die fünf Etagen bis ins Erdgeschoss zu Fuß. Ich besaß damals ein Auto. Auch das Auto wollte nicht fahren. Auf der Straße waren sehr viele Menschen. Sie unterhielten sich. Wir gingen zu ihnen, da wir hofften, irgendjemand könnte uns sagen, was los war. Bei allen war der Strom um zwei Uhr in der Nacht ausgefallen. Allerdings hatten nicht nur Dinge ihre Funktion eingestellt, die mit Strom betrieben wurden. Auch batteriebetriebene Gegenstände taten ihren Dienst nicht mehr."

„Was ist eine Batterie?", wollte Wu wissen.

„Eine Batterie ist ein kleiner Gegenstand, in dem sich Strom befindet und mit dem man kleinere Geräte betreiben konnte. Ratlos standen wir also da. Es gab keinerlei Nachricht von den Behörden, da alle Kommunikationsmittel Strom benötigten. An diesem Tag traf ich Max Bauer. Ich habe Euch ja schon von ihm berichtet. Max war einer der ersten, die bemerkten, dass sie plötzlich über ungewöhnliche Fähigkeiten verfügten. Max war damals noch sehr jung. Nicht viel älter, als ihr jetzt", erklärte Wulf.

„Er wartete auf seine Eltern, die eigentlich schon längst von einem Besuch zurück sein sollten, doch er sah seine Eltern nie wieder. Dem ersten Grauen begegneten wir auch an diesem Morgen. Wir waren in einer Gruppe zu Fuß unterwegs in die Innenstadt, in der Hoffnung, dort Informationen zu bekommen. Wir hatten die engen, kleinen Straßen der Altstadt gerade erreicht, als sich uns ein grauenvoller Anblick bot. Die Gasse, die direkt zum Marktplatz führte, war nicht passierbar. Meterhoch stapelten sich menschliche Leichen. Sie waren grauenhaft verstümmelt.

Dann sahen wir zwei Männer, die weitere Leichen zu dem Menschenberg trugen und sie dort ablegten. Als sie uns bemerkten, riefen sie uns zu, wir sollten schnellstens verschwinden, ehe dieser Verrückte uns bemerke. Er töte alles, was sich bewegt und habe sie gezwungen, einen Wall aus Leichen um die Altstadt zu errichten. In diesem Augenblick schossen gleißend helle Blitze auf uns zu und trafen die vordere Reihe der Gruppe. Die Menschen waren auf der Stelle tot. Wir stoben schreiend auseinander. Max, Doreen und ich konnten uns in einem Hauseingang verstecken. Wir mussten mit ansehen, wie die, die nicht dieses Glück hatten, niedergemetzelt wurden. Irgendwann gelang es uns, die Innenstadt zu verlassen. Wir liefen schnell nach Hause zurück. Als wir in unsere Straße einbogen, erlebten wir den zweiten Schock. Das Hochhaus bestand nur noch aus Trümmern.

In einigen Metern Entfernung stand ein Mann, der scheinbar aus seinen Handflächen Blitze auf die Überreste unseres Hauses abschoss und dabei wie ein Wahnsinniger lachte. Vor ihm lagen Leichenteile. Ich versuchte Doreen den Blick zu verstellen, damit sie dieses Grauen nicht sehen musste. Wir besaßen nur noch das, was wir am Leib trugen. Leise, um diesen Verrückten nicht auf uns aufmerksam zu machen, schlichen wir uns in Richtung Stadtausgang fort. Doch wo sollten wir hin? Wir beschlossen, erst einmal immer weiter zu gehen. Weg von diesen Verrückten in der Stadt. Wir ahnten nicht, dass es noch schlimmere Kreaturen gab. Immer wieder legten wir eine Rast ein, um Doreen zu schonen. Am frühen Nachmittag erreichten wir einen Bauernhof. Wir waren früher schon oft hier gewesen und hatten frische Eier gekauft. Der Bauer erinnerte sich an uns und bot an, bei ihm zu bleiben. Er war alleine auf dem Hof und hatte Angst, dass irgendwann ausgehungerte Stadtbewohner seinen

Hof stürmen würden. Da waren ihm bekannte Gesichter, die ihn unterstützen konnten, nur Recht. Wir hatten Glück, dass wir die Nacht nicht im Freien verbringen mussten. Und wir hatten weiterhin Glück, dass das Bauerhaus dicke Holzläden an den Fenstern hatte. Die ganze Nacht über hörten wir grässliche Kratzgeräusche an den

Hauswänden und die panischen Schreie der Tiere in den Ställen. An Schlafen war nicht zu denken. Als die Sonne endlich aufging, verschwanden auch die Geräusche. Vor Angst blieben wir aber noch stundenlang im Haus. Als wir uns endlich trauten, die Haustür zu öffnen, bot sich uns ein Bild des Grauens." Tief atmete Wulf ein und wischte sich müde über die Augen. „An der gesamten Hausfront waren tiefe Kratzspuren zu sehen. Der Vorgarten war verwüstet und der kleine, weiße Gartenzaun zertrümmert. Noch schlimmer sahen aber die Stallungen aus. Die Tür, die nur mit einer einfachen Klinke verschlossen worden war, lag herausgerissen am anderen Ende der Stallwand. Die Ställe waren vollkommen leer. Lediglich Blutlachen auf dem Boden zeugten von dem Massaker, das sich in der Nacht hier abgespielt hatte.

Karl, der Bauer, schlug vor, dass wir alle Vorräte, die sich noch in den Lagern und Ställen befanden, ins Haus bringen sollten. Einige Hühner und Gänse hatten sich verstecken können und wurden nun von uns ins Haus gebracht. Den gesamten Tag verbrachten wir damit, das Haupthaus in eine Festung zu verwandeln. Mit Brettern, von den nicht mehr benötigten Stallungen, verstärkten wir die Fensterläden, verbarrikadierten die Kellerfenster und –türen. Da die Wasserleitungen nicht mehr funktionierten, rollten wir ein großes Fass in die Küche und verbrachten den Nachmittag damit, es mit Wasser aus dem nahe gelegenen Brunnen zu füllen. Die schwere Eingangstür, die sich zum Glück nach innen öffnete, verstärkten wir, als die Sonne unterging, mit einem Schrank. So brach die zweite Nacht herein. Wieder saßen wir zusammen in der Küche und lauschten auf die grässlichen Geräusche, die zu uns drangen.

Am nächsten Tag trat das ein, was Karl befürchtet hatte. Die ersten Städter standen vor der Tür. Es war eine Familie mit zwei Kindern. Da unser Platz begrenzt war, ließ Karl sie nicht ins Haus, bot ihnen aber an, dass sie die Stallungen herrichten könnten, um dort für die Nacht in Sicherheit zu sein. Material war ja genug vorhanden. Wir halfen den ganzen Tag, einen Stall so zu verstärken, dass er den Angriffen der Nacht standhalten musste. Frühzeitig aßen wir zu Abend und die Familie begab sich anschließend in den Stall. Wir halfen noch, die Tür zu versperren und kehrten dann ins Bauernhaus zurück, wo wir auch alles absicherten. So ging es Nacht für Nacht weiter. Vereinzelt kamen Städter vorbei, wurden aber weitergeschickt. Vielleicht hatte ja einer der Nachbarn noch Platz für sie.

Nach einem Monat kam Karls Bruder, der einen Bauernhof einige Kilometer entfernt besaß, vorbei und brachte Neuigkeiten. Offensichtlich hatten sich diese Verrückten, die mit ihren merkwürdigen Fähigkeiten in der Stadt alles zerstört und getötet hatten, was ihnen in die Quere kam, zusammengeschlossen und terrorisierten nun die gesamte Umgebung. Niemand hatte ihnen etwas entgegenzusetzen. Sie behandelten die Menschen wie Sklaven. Und dann soll es noch andere Menschen geben, die auch über außergewöhnliche Fähigkeiten verfügten. Aber sie waren anders. Sie kümmerten sich um die nun Unterdrückten. Da das den Sklaventreibern natürlich nicht gefiel, begannen sie, diese zu verfolgen. Max verfügte ebenfalls über außergewöhnliche Fähigkeiten, wie zum Beispiel schwere Eichenbalken mit einer Hand heben zu können.

Da unsere Gemeinschaft stark blieb, hielten wir zusammen. Zwei Monate später kam der Bruder wieder und berichtete, das nun junge Männer von den Höfen geholt werden würden eine Burg zu bauen. In den Städten darf niemand mehr leben. Überall um die neu entstehende Burg werden kleine Dörfer errichtet. Diese Grauen, wie sie mittlerweile genannt wurden, nahmen auf niemanden Rücksicht. Alle schwangeren Frauen müssen sich kurz vor der Entbindung bei den Grauen einfinden. Man sagt, sie prüfen die Neugeborenen. Wenn sie solche Fähigkeiten haben, wie die Grauen, werden sie dabehalten und sollen von ihnen erzogen werden. Wenn es normale Kinder sind, dann dürfen sie mit ihren Müttern nach Hause. Aber die Kinder, bei denen sie so genannte weißmagische Fähigkeiten feststellen, werden sofort getötet. Und jene Menschen die sich vollkommen verändert hatten, wurden nun Dendraks genannt und die gehorchen den Grauen. Mit der Zeit kam das Gerücht auf, dass in den Bergen Weißmagier Unterschlüpfe haben und besonders schwangere Frauen dort eine sichere Unterkunft finden können. Mit zwei Pferden, einer geladenen Waffe und genügend Proviant machte ich mich mit Doreen auf, diese sichere Zuflucht zu finden. Mit den Pferden kamen wir schnell voran. Aber nicht überall gab es eine sichere Unterkunft für uns. Eines Abends, wir konnten die Berge in der Ferne schon erkennen, mussten wir an einem kleinen Bach rasten. Um uns nicht zu verraten, zündeten wir kein Feuer an. Ich ließ meine Frau ruhen und hielt selbst mit der Waffe, die ich von Karl bekommen hatte, Wache. Ich habe sie nicht kommen hören. Es waren zwölf. Zwölf Dendraks erschienen wie aus dem Nichts und stürzten sich auf uns. Ich hatte noch nicht einmal Gelegenheit bekommen, die Waffe anzulegen. So benutze ich sie als Keule und schlug auf die Monster ein. Aber es waren zu viele. Ich …"

Wulf konnte einen Augenblick nicht weiter sprechen und musste sich sammeln.

„Ich konnte meine Frau nicht retten. Die Verzweiflung und die Wut stiegen wie eine nicht zu bremsende Welle in mir auf. Ich wollte diese Monster vernichten. Mit all meiner Kraft wollte ich die Erde von diesen Bestien befreien. Ich steigerte mich in schiere Raserei und dann… Ja, dann… war es, als wenn eine Mauer, eine unglaubliche Kraft in mir zurückgehalten hatte, einstürzte. Diese Kraft stürmte nach vorne, wollte heraus. Und ich ließ sie gewähren. Mit einem einzigen magischen Schlag tötete ich alle zwölf Dendraks. Doch meine Kraft kam zu spät für meine Frau und unserem ungeborenen Kind …"

„Ist schon gut, Wulf. Lass es gut sein", versuchte Eda ihn zu trösten, doch Wulf wehrte ab und sprach weiter.

„Am nächsten Morgen begrub ich meine geliebte Frau und unser ungeborenes Kind unter einer Linde in der Nähe des Baches. Diese Stelle werde ich immer wieder finden. Ich nahm die Pferde und zog allein in Richtung Gebirge, um die sichere Zuflucht der Weißen zu suchen, um mit ihnen gegen die Grauen und die Dendraks zu kämpfen."

Als Wulf geendet hatte, blieb es still. Jeder hing seinen Gedanken nach.

„Es ist jetzt fast eintausend Jahre her, aber ich vermisse Doreen immer noch. Hätte ich meine Kräfte doch nur etwas früher bekommen. Ich fand die Zuflucht. Ich konnte mich gedanklich mit anderen Weißen verständigen. Und so lebte ich viele Jahrhunderte bei ihnen. Dann kam Aaron in unsere Gruppe. Aaron hatte die Gabe des zweiten Gesichts. Er sah voraus, dass ein Mädchen geboren würde. Eine Weiße mit starken magischen Fähigkeiten. Sie würde, zur Frau herangereift, in der Lage sein, das Grauen ein für alle Mal zu beenden. Aaron sah auch voraus, dass die Grauen von diesem Kind wussten.

Dass sie es auch suchten, um es zu vernichten. So wurde ich, zusammen mit elf anderen Weißen, ausgeschickt, das noch ungeborene Kind zu suchen. Und ich habe sie gefunden", Wulf lächelte. „Und wir alle werden dafür sorgen, dass du in Sicherheit aufwachsen wirst, damit die Menschen wieder in Glück und Frieden leben können. So, meine Lieben. Es ist schon sehr spät. Gute Nacht und schlaft schön."

Die Kinder gingen schweigsam auf ihr Zimmer, Bent und Wulf halfen Eda die Becher und Teller abzuwaschen und gingen dann auch zu Bett. Draußen fielen weiter dicke Flocken vom Himmel in das friedliche Tal.

Wulf schloss seine Zimmertür. Er war sehr aufgewühlt und lag noch lange wach in seinem Bett. Er dachte an den Bach, die Linde und an das stille Grab darunter.

Latbergen – Konzentration

Non hatte sich nun schon tagelang in seinem Zimmer eingeschlossen. Lediglich ein Diener hatte Zutritt zu seinen Räumen. Hel machte sich langsam Sorgen. „Was macht mein Bruder dort drinnen?", fragte er eines Abends den Diener, als dieser das benutzte Geschirr in die Küche zurückbringen wollte.

„Herr, er meditiert. Seit Tagen liegt er auf seinem Bett, hat die Augen geschlossen und ist nicht ansprechbar. Allerdings nimmt er die Speisen zu sich, die ich ihm in sein Zimmer stelle." Der Diener blickte ängstlich zu dem mächtigen Grauen.

„Geh! Ich werde selbst nach meinem Bruder sehen." Hel ging auf die Tür zu. Der Diener machte sich eilends auf, die Küche zu erreichen.

Hel wollte gerade den Türgriff berühren, als er einen Strom mächtiger, schwarzer Magie erspürte. Magie seines Bruders. Magie, die an eine bestimmte Person gesandt wurde.

Hel lächelte. Vielleicht hatte sein Bruder ja Glück und sie traf das Mädchen.

Er wollte Non nicht in seiner Konzentration stören und begab sich in seine eigenen Räumlichkeiten.

Träume

Sie befand sich, zusammen mit Wu, auf dem Getreidefeld. Sie saßen Rücken an Rücken und übten die Rechenaufgaben, die Wulf ihnen aufgegeben hatte. Die Sonne stand hoch am Himmel. Einzelne Vögel zogen ihre Bahnen am blauen Firmament. Es war warm, sie übten mit Eifer und hatten ihren Spaß dabei. Lysan fühlte sich wohl, wenn sie in Wus Nähe war.

Plötzlich hörten sie einen schrillen Schrei aus der Siedlung. Schnell sprangen sie auf. Zunächst konnten sie nichts erkennen, die Getreidehalme standen zu hoch. Doch dann sahen sie sie. Wie eine schwarze Welle drängten sich tausende und abertausende Dendraks in Richtung ihrer Siedlung. Jetzt waren mehr Schreie zu hören. Einige Menschen aus der Siedlung kamen auf sie zu gerannt. „Lauft! Lauft! Sie haben uns entdeckt!" Und da sah sie die ersten furchtbaren Bestien schon auf sich zu bewegen. Sie war wie erstarrt. Kein Muskel ihres Körpers wollte ihr gehorchen. Wu stellte sich vor sie, wollte sie gegen die Angreifer verteidigen. Ein Grauer stand in einiger Entfernung zu den Dendraks. „Ich werde euch vernichten. Ihr werdet alle sterben", hörte sie aus seiner Richtung.

Der erste Dendrak hatte sie erreicht. Wu hatte nicht den Hauch einer Chance. Die scharfen Krallen des Dendraks bohrten sich in sein Fleisch.

Lysan hörte ihn laut aufschreien.

„Ly, Ly, aufwachen! Du hast einen Albtraum." Lysan öffnete die Augen. Schweißgebadet lag sie in ihrem Bett. Eda schüttelte sie immer noch, um sie wach zu bekommen.

„Ein Albtraum? Aber, es war so..." Lysan sah sich im Zimmer um. Sie suchte Wu. Er stand neben der Tür und sah sie besorgt an. Er schien unverletzt zu sein. Also doch nur ein Albtraum? Erleichtert atmete Lysan tief durch.

„Was hast du denn geträumt?", fragte Wu sie neugierig.

„Dendraks haben uns überfallen. Es war furchtbar." „Das kommt davon, wenn Wulf kurz vor dem Schlafengehen solche Geschichten erzählt. Hier, trink etwas Wasser." Eda reichte ihr einen Becher. „Und nun atme tief ein und aus. So ist es gut. Wu, ab ins Bett mit dir. Du läufst mit nackten Füßen hier herum. Nicht, dass du dich noch erkältest." Sie drehte sich wieder zu Lysan. „Geht es jetzt besser?" Lysan nickte.

„Gut. Dann versuch weiter zu schlafen. Es war nur ein Albtraum. Versuch vor dem Einschlafen an etwas Schönes zu denken."

Sie deckte Lysan zu, gab ihr einen Kuss auf die Stirn, überzeugte sich, dass auch Wu gut zugedeckt war und verließ das Zimmer.

Lysan lag noch lange wach, ehe sie in den frühen Morgenstunden in einen leichten Schlaf fiel. Sie fühlte sich wie gerädert, als Wu sie zum Frühstück weckte.

„Hey, alles in Ordnung mit dir?", fragte er besorgt und legte fürsorglich einen Arm um sie.

„Ja, geht schon. Ich hab nur zu wenig geschlafen. Ich lass es heute mal langsam angehen", antwortete Lysan.

Der Tag zog sich hin. Lysan war furchtbar müde und musste andauernd an ihren Traum denken.

152

Als es endlich Zeit war, ins Bett zu gehen, hatte sie Angst einzuschlafen. Aber der Tag war lang, die Übungen anstrengend und sie hatte in der Nacht zuvor wenig geschlafen. Schon nach wenigen Minuten fielen ihr die Augen zu.

Sie stand mit Tana im großen Ratssaal. Es war kühl, die Tür stand weit offen und der Wind blies hinein. Sie übte gerade mit Tana. Sie ließ den langen Ratstisch in der Luft schweben.

Plötzlich waren sie nicht mehr alleine. Vier Graue stürmten in den Saal und stürzten sich auf Tana. Sie konnte sich nicht wehren und wurde überwältigt. Ein fünfter Grauer trat durch die Tür. Lysan konnte sein Gesicht nicht erkennen, so sehr sie sich auch darauf konzentrierte.

„Wir werden euch alle vernichten. Ihr habt nicht die geringste Chance", hörte sie seine tiefe und doch jungenhafte Stimme sagen.

Dann zückte er ein Messer und schnitt Tana die Kehle durch. Lysan schrie vor Verzweiflung.

„Ly, Ly, wach auf! Ly, hörst du mich?" Lysan bemerkte, dass jemand sie an den Schultern gefasst hatte und schüttelte. „Ly, aufwachen!" Lysan öffnete die Augen.

„Wieder ein Albtraum?" Eda nahm sie in die Arme und wiegte sie zur Beruhigung wie ein Baby.

„Alles ist gut. Hast du wieder von Dendraks geträumt, du Arme?"

Lysan schüttelte den Kopf. „Diesmal waren keine Dendraks da. Diesmal haben uns die Grauen überfallen. Einer sagte, dass wir alle vernichtet werden. Und dann …"

„Schsch …, alles ist gut. Es war nur ein Traum. Nur ein Traum."

Lysan schloss die Augen. Trotzdem kullerten Tränen ihre Wange hinunter.

„Rutsch rüber. Ich bleib heute Nacht bei dir. Es war wirklich nur ein Traum."

Eda legte sich zu ihr ins Bett und hielt sie weiter in den Armen.

Lysan war schrecklich müde, als es Zeit war, aufzustehen. Es kam ihr so vor, als wenn sie überhaupt nicht geschlafen hätte. Tiefe, dunkle Ringe lagen unter ihren Augen. Lustlos stocherte sie in ihrem Hirsebrei. Sie hatte keinen Appetit. „Du solltest dich gleich noch etwas hinlegen", meinte Wulf, als er die übernächtige Lysan sah.

„Nein!", rief Lysan entsetzt aus. „Nicht schlafen. Dann kommen wieder die Albträume."

„Aber du musst schlafen. Eda, kannst du ihr helfen? Es kann doch nicht jede Nacht so weitergehen."

„Ich werde es versuchen", antwortete Eda. „Komm. Ly, versuch etwas Brei zu essen und dann geht's ab ins Bett."

Lysan schob sich einen Löffel Hirsebrei in den Mund. Aber sie hatte das Gefühl, als ob ihr Mund immer voller würde. Sie brachte ihn einfach nicht hinunter. „Ich kann nichts essen. Kannst du jetzt versuchen die Träume zu verscheuchen?" Sie sah Eda bittend an.

„Sicher, Kind. Geh schon einmal vor in dein Zimmer. Ich komme gleich nach."

Als Lysan das Zimmer verlassen hatte, sah Wulf Eda an. „Glaubst du, die Albträume kommen nur von der Geschichte, die ich den Kindern erzählt habe?"

„Ich weiß es nicht. Wir werden sehen, ob ich ihr helfen kann. Ich hoffe es für das Kind. Sie ist ja völlig fertig."

Eda folgte Lysan in den Nebenraum. Ly hatte sich schon ins Bett gelegt. Eda deckte sie sorgfältig zu und setzte sich neben sie auf die Bettkante.

„Jetzt schließ die Augen. Denk an etwas Schönes. Denk daran, wie du im Sommer mit Wu im kleinen Teich geplanscht hast, wie Ihr Fangen gespielt habt. So ist es gut." Eda konzentrierte sich auf Lysan. Sie schickte ihr beruhigende Gedanken.

Schon bald merkte sie, dass Lysans Atem ruhiger und gleichmäßiger wurde. Lysan schlief.

Eda blieb noch eine Zeitlang auf der Bettkante sitzen und beobachtete das entspannte Gesicht. Dann ging sie zurück zu den beiden Wulfs und Bent in die Küche.

„Sie schläft. Und sie ist ruhig. Vielleicht haben wir Glück und die Albträume kehren nicht zurück."

Lysan saß am Ufer des kleinen Teiches und ließ die Füße ins Wasser baumeln. Wu stand einige Meter entfernt im Wasser und versuchte mit der Hand Fische zu fangen. Immer wieder stieß seine Hand ins Wasser, immer wieder holte er sie enttäuscht zurück. Dann lachte er schelmisch, aber Ly wusste, was er vorhatte. „Nicht schummeln. Wir haben gesagt, keine Magie." Enttäuscht darüber, dass sie hinter seine Pläne gekommen war, verzog Wu das Gesicht.

„Aber, die sind so glitschig. Die schlüpfen mir immer aus der Hand."

„Ach was. Du bist einfach viel zu langsam. Du bist eine lahme Ente." Ly lachte.

Dann fiel ihr Blick auf den schmalen Schilfgürtel am anderen Ende des Teiches. Sie war sich ganz sicher, dass sich dort irgendetwas bewegt hatte. Lysan stand auf und umrundete den Teich.

„Wo willst du hin?", fragte Wu.

„Hier ist jemand. Ich hab hier etwas gesehen", antwortete sie ihm. Nun hatte sie den Schilfgürtel erreicht. Vor ihr stand ein Mann mit einem grauen Umhang. Das Gesicht konnte sie nicht erkennen. Es verschwamm vor ihren Augen, so sehr sie sich auch darauf konzentrierte.

„Wir werden euch umbringen. Alle! Niemand kann uns entkommen." Dann schoss ein Flammenball aus der Hand des Grauen und traf Wu direkt in die Brust.

Lysan schrie auf.

„Ly, Ly, aufwachen! Hörst du, Kind? Aufwachen!"

Wulf hatte sie an den Schultern gefasst und im Bett aufrecht hingesetzt.

Lysan öffnete die Augen.

„Oh, Onkel Wulf, es war so schrecklich. Was ist denn nur mit mir los? Warum hab ich immer so schreckliche Träume?" Dicke Tränen fielen auf Wulfs Hemd, als sie sich Hilfe suchend an ihn schmiegte.

„Ich weiß es nicht, mein Kleines. Ich weiß es nicht. Ich werde gleich zu Tana gehen und mich mit ihr und den anderen Ratsmitgliedern besprechen. Vielleicht kann dir einer von ihnen helfen."

Wulf stellte mit Erstaunen fest, dass alle Ratsmitglieder im Saal versammelt waren und sich eifrig unterhielten.

„Hallo, Wulf. Können wir dir irgendwie behilflich sein?", fragte Tana, als sie ihn bemerkte.

„Es geht um Lysan. Sie wird seit kurzem von fürchterlichen Albträumen geplagt. Zunächst dachte ich, dass die Träume von der Geschichte kommen, die ich den Kindern erzählt habe. Aber mittlerweile glaube ich nicht mehr daran. Ich habe ein ungutes Gefühl."

„Seit wann hat Lysan diese Albträume?", fragte Tana. „Seit vorgestern. Heute hat sie sich nach dem Frühstück hingelegt, um etwas Schlaf nachzuholen. Da hatte sie wieder solch einen Albtraum. In den Träumen erscheinen immer wieder Dendraks oder Graue, die uns hier überfallen. In den Träumen hat ein Grauer mit ihr gesprochen und gesagt, dass sie uns alle vernichten werden", antwortete Wulf.

Tana sah Leon, der erst seit kurzem Ratsmitglied war, mit einem Blick an, den Wulf nicht deuten konnte. „Setz dich, Wulf. Wir haben dir etwas zu sagen." Tana deutete auf einen freien Stuhl ihr gegenüber.

Verwirrt setzte sich Wulf.

„Leon hier erzählte uns gerade, dass er seit vorgestern eine merkwürdige Spannung hier im Tal fühle. Es ist so, als wenn jemand von außen

158

versucht, geistigen Kontakt mit uns aufzunehmen. Aber es ist keine Nachricht, die er empfängt, es ist mehr wie ein Rauschen. Nachts ist dieses Rauschen besonders stark. Und er meinte, vor einer Stunde dieses Rauschen auch wieder verstärkt empfangen zu haben."

„Du meinst also, dass dieses Rauschen, das Leon empfängt, etwas mit Lysans Abträumen zu tun haben könnte?"

„Nun, es wäre schon ein unglaublicher Zufall, dass das Rauschen und die Albträume immer zum gleichen Zeitpunkt auftreten. Ja, ich denke schon, dass es da eine Verbindung gibt."

„Aber, was für eine Verbindung sollte das sein?" Wulf sah sie skeptisch an. „Wir sind hier vollkommen abgeschottet. Die Grauen wissen nicht, wo sich unsere Zuflucht befindet. Und selbst, wenn sie eine ungefähre Ahnung hätten, sie könnten nicht wissen, dass ausgerechnet Lysan die Auserwählte ist. Es gibt mehrere Mädchen in Lysans Alter hier."

„Es ist, wie gesagt, nur eine Vermutung. Du hast ja gehört, dass es bei den Grauen jetzt sehr starke Schwarzmagier gibt. Wir kennen ihre Fähigkeiten nicht. Vielleicht ist einer von ihnen in der Lage, auch auf große Entfernungen das Magiepotential eines Menschen zu erkennen. Das würde dann erklären, warum er sich, von all den

Menschen hier, ausgerechnet Lysan ausgesucht hat und ihr

Albträume schickt."

„Warum sollte er so etwas tun? Das macht doch keinen Sinn." Wulf war immer noch skeptisch.

„Es würde einen Sinn machen, wenn sie herausbekommen hätten, wo wir uns aufhalten. Lysan ist die Person hier mit den stärksten magischen Fähigkeiten. Wenn es ihm gelingen sollte, sie mental zu schwächen, könnten sie leichter einen Angriff auf uns starten."

„Du meinst also, sie haben uns entdeckt und planen einen Angriff?" Die Skepsis in Wulfs Gesicht verwandelte sich in bloßes Entsetzen. Er dachte sofort an den letzten Angriff der Grauen auf ihre vorherige Zufluchtsstätte.

„Ja, das denke ich. Und ich denke auch, dass ein Angriff unmittelbar bevorsteht. Sie würden Lysan nicht jetzt schon mit Albträumen traktieren, wenn sie noch lange warten wollten."

Die übrigen Ratsmitglieder nickten zustimmend.

„Was werden wir also tun?", fragte Wulf.

„Wir werden von hier weggehen. Direkt, wenn morgen die Sonne aufgegangen ist. Wir nehmen nur das Nötigste mit. In Richtung Osten gibt es ein großes Tal. Ich habe es vor einigen Jahren einmal erkundet. Das Tal hat zwei Zugänge. Ich denke, dass wir sie gut sichern können. Heute werden wir alles packen. Außerdem werden die Sehenden die Gegend hier um das Tal mit ihren mentalen Kräften nach Grauen oder Dendraks absuchen. Ich glaube zwar nicht, dass sie schon auf dem Weg hierher sind, aber ich will auch kein Risiko eingehen."

„Vielleicht sollten sie auch nach Menschen Ausschau halten. Es gibt einige unter ihnen, die mit den Grauen zusammenarbeiten, um sich Vorteile zu verschaffen." Wulf erinnerte sich an Jakob.

„Gut. Das werden wir tun. Jetzt geh, sag deinen Freunden, dass sie ihre Sachen packen sollen. Jeder nimmt nur so viel mit, wie er selbst tragen kann. Die Karren werden wir für die Vorräte brauchen. Der Winter ist noch lang und wir sollten uns in nächster

Zeit in keinem Dorf blicken lassen."

Wulf nickte und verließ die Ratsversammlung.

Neue Zuflucht

Traurig packten Lysan und Wu ihre Sachen zusammen.

„Wenigstens gehen wir jetzt schon von hier fort, ehe dass die Grauen angreifen und jemandem etwas passiert", versuchte Lysan Wu und auch sich selbst aufzumuntern. „Und, vielleicht ist das andere Tal ja auch viel schöner."

Aber Wu behielt seine trüben Gedanken.

Wulf betrat das Zimmer. „Lysan", begann er. „Es ist vielleicht besser, wenn du heute Nacht wach bleibst. Du kannst am Tag auf einem der Karren schlafen. Ich kann dir nicht sagen, warum, aber ich habe das unbestimmte Gefühl, dass du manipuliert wirst, dass dir von außen Gedanken eingegeben werden. Und möglicherweise funktioniert dieser Gedankenaustausch in beide Richtungen. Wenn die Grauen durch dich erfahren, dass wir fliehen wollen, wäre alles verloren. Du solltest also erst schlafen, wenn Leon sicher ist, dass wir außer Reichweite der Grauen sind."

Lysan nickte. Ihr war alles egal. Hauptsache, diese Albträume hörten auf.

Den ganzen Tag über herrschte geschäftiges Treiben im Tal. Die Pferde und Ochsen wurden vor die Karren gespannt, das Getreide und Gemüse wurde aufgeladen, Kleiderbündel und Strohballen fanden ihren Platz neben Wasserfässern und Brennmaterial.

Die Sehenden überprüften die gesamte Umgebung um das Tal. Sie bemerkten aber keinen Menschen, keinen Grauen und keinen Dendrak. Lediglich eine Gruppe Gämse streifte draußen umher.

Kurz vor Sonnenaufgang setzte sich der Treck in Richtung des östlichen Ausgangs in Bewegung. Wulf blickte sich noch einmal um. Schon wieder mussten sie fliehen. Aber die Gefahr, dass sie entdeckt worden waren, war einfach zu groß. Seufzend ging er zu den anderen. Sie erreichten die magische Barriere des Tunnels, als die ersten Sonnenstrahlen begannen, den Himmel heller zu färben. Ab jetzt waren sie zumindest vor den Dendraks sicher. Tana ging der Gruppe voran, da sie als Einzige den Weg in das andere Tal kannte. Sie kamen langsam voran. Der Schnee lag meterhoch und sie konnten, aus Angst entdeckt zu werden, keine Magie benutzen, um den Weg schneefrei zu machen.

Nach drei Stunden Marsch kam Leon zu Wulf und Lysan, die nebeneinander gingen.

„Du kannst dich jetzt hinlegen. Ich spüre das Rauschen nicht mehr. Wir scheinen außer Reichweite zu sein."

Wulf hob Lysan auf die Heubündel eines Karrens und deckte sie mit einer dicken Wolldecke zu. „Schlaf gut, Kleines. Du wirst keine Albträume mehr bekommen."

Kaum hatte Lysan den Kopf auf das Bündel gelegt, als ihr vor Müdigkeit auch schon die Augen zufielen und ruhig einschlief.

Da die Grauen sie hier nicht mehr bemerken konnten, änderte Tana nun die Richtung nach Südosten. Einige Mitglieder der Gruppe sorgten am Ende des Trecks dafür, dass ihre Spuren verwischten und der Schnee vollkommen unberührt aussah. Der Weg, den sie nahmen, führte sie zwischen zwei dicht beieinander stehenden Felsmassiven hindurch. Er war sehr eng und die Karren passten nur mit Mühe hindurch.

„Das ist ein kleiner Flusslauf. Er ist nur im Winter passierbar", erklärte Tana. Mühsam, ein Fuhrwerk nach dem anderen, passierten sie die Engstelle.

Gegen Nachmittag wurde der Weg breiter und Tana beschloss, eine Pause einzulegen.

„Wir werden hier rasten. Die Tiere brauchen Ruhe. Und auch einige von euch sehen so aus, als würden sie einer kleinen Pause nicht abgeneigt sein. Wir werden die ganze Nacht hindurch marschieren und müssen die Gegend ständig nach anderen Lebewesen absuchen. Wir wollen ja keine böse Überraschung erleben."

Die Rast dauerte eine Stunde und Wulf hatte das Gefühl, als wenn er sich gerade erst hingesetzt hatte, als sie auch schon wieder aufbrachen. Es wurde Nacht. Sie kamen jetzt langsamer voran, als am Tag.

Bei Sonnenaufgang legten sie erneut eine kleine Ruhepause ein.

„Es ist nicht mehr weit", erklärte Tana. „Um die Mittagszeit werden wir den Zugang zum Tal erreicht haben."

Trotz der Aussicht, dass sie ihr Ziel bald erreicht hätten, stöhnten alle auf, als Tana Anweisung gab, den Marsch fortzusetzen.

Tana hatte Recht behalten. Es war kurz vor der Mittagszeit, als sie ihre Schritte zu einer großen Höhle lenkte. Sie gab fünf Weißen die Anweisung, den Eingang zu versiegeln, sobald der Letzte ihn passiert hatte. Noch einmal blickte sie auf ihren zurückgelegten Weg. Nichts deutete darauf hin, dass hier jemand gegangen war. Dann folgte sie dem Treck ins Tal.

Im Tal selbst war, bis auf einige schneebedeckte Bäume, nichts weiter zu sehen. Eine dicke, weiße Schneedecke lag über der gesamten Ebene.

Die stärksten der Weißen traten zusammen und versiegelten das Tal vollkommen. Kein Mensch, kein Grauer und kein Dendrak würde sie hier entdecken. Anschließend fuhren sie mit ihren Karren in die Mitte des Tales, spannten die Tiere aus und entfernten auf magische Weise die Schneeschicht.

Mit den mitgenommenen Stoffen aus den Kleiderbündeln errichteten sie ein großes Zelt, das sie für die nächste Zeit beherbergen würde. Es wurden Feuer entzündet und die Menschen sanken erschöpft auf die schnell bereiteten Lager. Wulf hatte die schlafende Lysan vorsichtig vom Wagen gehoben und legte sie nun auf Strohballen in der Nähe eines der Feuer.

Lysan schlief den ganzen Tag und die ganze Nacht. Als sie am nächsten Morgen erwachte, rieb sie sich ungläubig die Augen. Sie hatte die gesamte Flucht verschlafen. Alle waren sicher und wohlbehalten hier angekommen. Und das Wichtigste war, sie hatte keinen Albtraum gehabt. Lysan war sich nicht sicher, ob sie überhaupt geträumt hatte.

„Hallo, Schlafmütze", neckte Wu sie, als er bemerkte, dass sie endlich aufgewacht war. „Komm hierher. Der Hirsebrei ist fertig. Warte, ich hole dir eine Schüssel." Lysan ging mit vollkommen steifen Gliedern zu ihm und nahm dankbar den Brei entgegen. Sie fühlte sich völlig ausgehungert.

„Danke", sagte sie und machte sich über ihr Frühstück her.

„Du siehst heute besser aus", meinte Eda, die sich zu ihnen gesetzt hatte.

„Ich fühle mich auch besser. Ich hab keinen Albtraum gehabt." Lysan sah sich um. „Hier ist es schön."

„Das stimmt. Aber es ist noch eine Menge Arbeit, bis alles wieder so ist, wie im anderen Tal", antwortete Eda.

Lysan und Wu beobachteten, wie die Vorräte abgeladen und in der Mitte des großen Zeltes gelagert wurden.

Tana kam zu ihnen. „Hallo, Ihr zwei. Habt ihr die Reise gut überstanden? Lysan, bitte sag sofort Bescheid, wenn du noch einmal Albträume hast. Sag auch Bescheid, wenn du dich merkwürdig fühlst, wenn du denkst, beobachtet oder belauscht zu werden. Wir wollen kein Risiko eingehen. Von nun an wird ständig einer der Sehenden die Umgebung im Auge behalten. Leon weiß, worauf er achten muss. Versprichst du mir, dass du dich sofort an ein Mitglied des Rates, an Eda, oder Wulf wendest?"

Lysan nickte. Natürlich würde sie Bescheid geben. Aber sie hoffte inständig, dass sie nicht noch einmal diese fürchterlichen Albträume haben würde.

Den Winter über verbrachten sie gemeinsam in dem großen Zelt. Als der Schnee endlich geschmolzen war, konnten sie sich außerhalb des

Tales Holz besorgen und Häuser bauen. Das Getreide und Gemüse wurde ausgesät, Gatter für die Tiere gebaut und die Weißen richteten sich auf ihr Leben im neuen Tal ein.

Für Ly und Wu ging der Unterricht weiter.

Wulf allerdings erzählte keine Geschichten mehr. Eine halbe Tagesreise vom Tal entfernt lag ein See mit einem großen Fischvorkommen. Einmal in der Woche ging Wu mit Bent Fische für die Menschen in der Siedlung fangen. So bereicherten sie ihre Nahrung, die im Augenblick ja noch aus den Resten ihrer mitgebrachten Vorräte bestand.

Wieder einmal kehrten sie mir reicher Beute heim. Wu legte einen der großen Fische in die Küche, während Bent die übrigen Fische zum neu errichteten Ratshaus brachte, damit jeder sich daran bedienen konnte.

Wu setzte sich neben die Feuerstelle.

„Willst du deinen Umhang nicht ablegen?", fragte Eda erstaunt. Wu stand ohne ein Wort auf und hängte den Umhang an einen Haken neben der Tür. Kurz darauf erschien Bent im Haus. Wu rutschte auf seinem Hocker hin und her. Er schien sich irgendwie nicht wohl in seiner Haut zu fühlen. Er benahm sich, als wenn er ein kratziges Hemd angezogen hätte, das er unbedingt loswerden wollte. Bent stand nur neben der Tür und starrte vor sich hin.

„Ist irgendetwas los?", fragte Eda, der das Verhalten der Beiden sehr merkwürdig vorkam. Sie erhielt keine Antwort. „Lysan, geh bitte ins Ratshaus und hol Wulf. Hier stimmt etwas nicht."

Lysan sah irritiert zu ihrem besten Freund und dann zu Bent. Auch ihr kam das Verhalten ungewöhnlich vor. Sie stand auf, um die Küche zu verlassen.

Plötzlich schoss Bents Hand auf sie zu und hielt ihren Arm mit eisernem Griff fest. Sein Gesicht verzog sich wie unter Schmerzen. Als würde er gegen irgendetwas Machtvolles ankämpfen.

Auch Wu schien sich gegen etwas zu wehren. Seine Hände hoben sich immer wieder ein Stück in Lysans Richtung, um sich dann wieder, wie unter großer Anstrengung, zu senken.

Eda rannte angsterfüllt zum Küchenfenster und öffnete es. „Wulf! Hilfe! Schnell!", rief sie in die Nacht. Augenblicke später hörten sie eilige Schritte auf das Haus zulaufen.

„Eda, was ist los?", rief Wulf besorgt.

„Bent und Wu, mit ihnen stimmt etwas nicht. Sie benehmen sich merkwürdig und Bent lässt Lysan nicht los."

Wulf betrat die Küche. „Bent! Du lässt jetzt sofort Lysan los! Hast du gehört?"

Bents Gesicht verzog sich noch mehr und seine Hände begannen zu zittern.

„Bent! Lass los!", schrie Wulf ihn an. Er versuchte Bents Finger von Lysans Arm zu lösen. Bent sah ihn verzweifelt an.

Hinter Wulf drängten sich Tana und Leon in die Küche. Leon erfasste die Situation am schnellsten. Er ging auf Bent zu und gab ihm eine laut schallende Ohrfeige.

Bent schien aus einem Traum zu erwachen. Langsam löste er den Griff.

„Wu", stammelte er. „Wir müssen ihm helfen." Leon wandte sich um und auch Wu bekam von ihm eine Ohrfeige. „Ich helfe doch immer gerne", grinste Leon, als auch Wu wieder bei Sinnen war.

„Seid ihr wieder in Ordnung?", frage Tana skeptisch. „Was war hier eigentlich los?"

„Ich weiß es nicht", antwortete Bent niedergeschlagen. „Ich erinnere mich, dass wir, wie immer, zum See geritten sind. Wir haben gefischt, die Fische in die Körbe gepackt und alles auf die Pferde geladen. Und dann war da dieser Ton. Es war ein sehr hoher, kreischender Ton. Es hat sich fast so angehört, als wenn man einer Katze auf den Schwanz getreten ist. Nur sehr viel lauter. Dann erinnere ich mich noch, dass ich den Fisch im Ratshaus abgeliefert habe und hierhergekommen bin. Ich habe Lysan gesehen und alles in mir schrie, dass ich sie töten soll. Aber ich wollte nicht. Ich hab versucht, diese Gedanken abzuschütteln. Das waren nicht meine Gedanken. Dann wollte Ly aus dem Raum und kam ganz dicht an mir vorbei. Meine Hände haben sich selbstständig gemacht und sie festgehalten. Ich… ich konnte sie einfach nicht lösen. Es tut mir so leid. Ich weiß nicht, was mit mir los war."

„Ich hab den Ton auch gehört. Auf einmal wurde mir ganz merkwürdig zumute. Ich wollte nur noch nach Hause. Und als ich hier in die Küche kam und Lysan sah, da wollte alles in mir sich auf sie stürzen. Es war so stark. Ich konnte fast nicht auf dem Hocker sitzen bleiben. Als Leon mich dann geschlagen hat, hat es sich angefühlt, als wenn jemand einen Sack von meinem Kopf gezogen hat. Was ist mit uns passiert?" „Ich denke, ich weiß, was geschehen ist. Ihr standet unter der mentalen Kontrolle eines Grauen. Es muss ein starker Grauer gewesen sein. Aber er war offensichtlich nicht in der Nähe, sondern hat ein großes Gebiet mit seinen Kräften abgedeckt. Ansonsten wäre es euch nicht gelungen, so zu widerstehen", erklärte Wulf.

„Du meinst also, der Graue ist nicht in der Nähe?", fragte Tana besorgt.

„Er kann nicht in der Nähe sein. Ich arbeite auf ähnliche Weise, wenn ich Tiere beeinflusse. Wenn ich mich auf ein bestimmtes Tier konzentriere und auch weiß, wo es ist, erfolgt der mentale Angriff

vollkommen lautlos. Wenn ich allerdings nur vermuten kann, wo es ist und ein weites Gebiet mit
meiner Kraft abdecken muss, dann entstehen am
Rand des Gebietes schrille Geräusche. Der Graue
muss sich also in erheblicher Entfernung vom See
aufgehalten haben. Ich hoffe nur, dass er nicht
bemerkt hat, dass seine Beeinflussung funktioniert hat. Ihr zwei solltet in der nächsten Zeit nicht
zum Fischen gehen und die Sehenden sollten wieder verstärkt die Umgebung absuchen."

Latbergen – Plan

„Langsam werde ich wütend!" Hel schleuderte
seinen Becher gegen die Wand, von der er klir-
rend zu Boden fiel. „Das sind doch nur minder-
wertige Weiße. Es kann doch nicht sein, dass sie
uns all die Jahre an der Nase herumführen."

„Beruhig dich, Bruder. Ich habe eine Idee, wie
wir sie kriegen. Wenn wir sie nicht finden, dann
sollen sie uns finden."

„Wie meinst du das?" Hel sah seinen Bruder
irritiert an.

„Das ist ganz einfach. Ich verstehe nicht, dass ich nicht früher darauf gekommen bin. Ein so genialer Plan. Einfach und doch effektiv." Non setzte sich zu Hel und erläuterte ihm sein Vorhaben.

„Hm … Das könnte sogar funktionieren." Hel grinste seinen Bruder an. „Einfach und doch genial. Wie du gesagt hast. Komm lass uns nach unten gehen und alle Vorbereitungen treffen. Und denk daran, unseren Besuch willkommen zu heißen. Sie ist hübsch und stark. Eine wunderbare Kombination. Ich denke, dass sie dir gefallen wird." Hel schlug seinem Bruder kameradschaftlich auf die Schulter. „Ja, ich bin mir sicher, dass Clarissa dir gefällt."

Sieg

Es folgte kein solcher Angriff der Grauen mehr.

Jeder, der das Tal verließ, musste sich nach seiner Rückkehr einer intensiven Untersuchung unterziehen. Man wollte nicht noch einmal einen Anschlag riskieren.

Als der Herbst ins Land ging und die erste Ernte eingefahren wurde, kam John von einem Jagdausflug zurück.

„Einen knappen Fußmarsch entfernt liegt eine alte Jagdhütte. Dort hat eine kleine Familie Unterschlupf gefunden. So wie es aussieht, ist der Neugeborene ein Weißer", berichtete er der Ratsversammlung. „Das wird eine Falle sein", rief Orno, der immer skeptisch war. Sein Rat war aber hoch angesehen, weil er schon viele Fallen durchschaut hatte.

„Die Grauen werden wohl kaum einen Weißen am Leben lassen. Das kann ich mir wirklich nicht vorstellen", hielt Tana ihm entgegen.

„Denen traue ich alles zu", antwortete Orno. Er funkelte sie zornig an.

„Nun, wir können uns ja vergewissern. Zwei Sehende sollen sich zur Hütte aufmachen und die Familie überprüfen. Sollte das Kind weißmagisch sein und die Eltern normale Menschen, werden wir noch einmal beraten."

So wurde es beschlossen.

Am späten Abend des folgenden Tages waren die Sehenden zurück und bestätigten dem Rat, dass es sich wirklich um ein weißmagisches Kind handele und die Eltern über keinerlei magische Fähigkeiten verfügten.

„Gut. Dann sollen sich morgen Leon, Orno, Kaal und Wenz mit einem Pferdekarren auf den Weg machen.

Bietet der Familie Schutz in unserer Zuflucht an." Die vier angesprochenen nickten.

Bei Sonnenaufgang machten sie sich auf den Weg.

Derweil lernte Lysan von Edna, sie war ein Mensch, ihr Mann ein Weißmagier, das Nähen. Lysan war wie immer eifrig bei der Sache, wie immer, wenn es etwas Neues zu lernen gab. Sie wollte für ihren Onkel Wulf einen Umhang nähen, da der alte Umhang schon sehr zerschlissen war. Das Wetter war herrlich und sie saß mit Edna unter einem der Apfelbäume im Schatten. „Wir sollten langsam zurückgehen. Es ist schon spät", meinte Edna und blickte zum Himmel. Die Sonne neigte sich schon dem westlichen Talende entgegen. „Nur noch einen kleinen Augenblick. Ich bin gleich fertig", entgegnete Lysan und versuchte noch schnell den Saum des Umhangs umzunähen.

Beide schauten auf, als das Rumpeln der schweren Räder eines Karrens und Hufgeklapper zu ihnen herüber klang. Neugierig liefen sie den Neuankömmlingen entgegen. Seit Lysan mit ihren Freunden zur Gruppe gestoßen war, hatte es keine Neuen mehr gegeben. Sie freuten sich schon auf Berichte und Geschichten von außerhalb.

Edna und Lysan hatten die ersten Häuser der Siedlung erreicht, als die Fremden vom Karren sprangen und sich angeregt mit den Siedlungsbewohnern unterhielten. Lysan blieb ruckartig stehen und hielt auch Edna am Arm fest, so dass sie fast gefallen wäre. „Was ist los? Komm, lass uns weiter laufen."

„Warte", antwortete Lysan. „Da ist etwas sehr merkwürdig. Dieser Mann… Wie er sich bewegt, er kommt mir bekannt vor. Er macht mir Angst." Edna sah sie mit großen Augen an.

„Du kannst ihn nicht kennen. Diese Leute waren niemals vorher hier."

„Das ist ja das Merkwürdige. Trotzdem ist mir so, als wenn ich ihm schon einmal begegnet wäre. Ich weiß selbst, dass das unmöglich ist."

Dann traf sie die Erkenntnis wie ein Paukenschlag. Ihr wurde eiskalt. Sie wusste, woher sie den Mann kannte.

„Vorsicht! Das sind Graue! Das ist eine Falle!", schrie sie aus Leibeskräften.

Alle fuhren zu ihr herum.

Die Gesichter der beiden Grauen verzogen sich zu einer Fratze.

„Da ist sie! Wir müssen sie töten!", schrie der Mann und schleuderte Ly einen riesigen Feuerball entgegen, der mit immenser Schnelligkeit auf sie und Edna zugeschossen kam. Ly und Edna hätten keine Möglichkeit gehabt, dem Feuer auszuweichen. Der Ball war größer als das Ratshaus.

Die Freunde schrien entsetzt auf und stürzten sich auf die beiden Grauen. Wulf lief, so schnell er nur konnte, auf Ly und Edna zu. Er wusste, dass er den Feuerball nicht aufhalten konnte, dass er zu spät kommen würde.

Der Feuerball hatte die beiden fast erreicht. Die Hitze, die er ausstrahlte, schien ihnen bereits die Haare zu versengen.

Noch einmal hörte man Wulfs verzweifeltes Rufen.

Er rannte wie um sein Leben auf Lysan zu.

Dann plötzlich war der Weg vor ihm in einen Dunstschleier gehüllt, der so dicht war, dass er nicht hindurch sehen konnte. Wulf blieb wie angewurzelt neben einem Apfelbaum stehen.

Ein leichter Wind kam auf.

Die Blätter des Baumes wiegten sich im Rhythmus der Böen, die immer stärker wurden. Und der Wind trieb den Dunstschleier zur Seite.

Wulf traute seinen Augen nicht. Vor ihm standen, nass bis auf die Haut, aber vollkommen unversehrt, Lysan und Edna.

„Ly." Wulf stürmte auf die Beiden zu. „Kind, ist dir etwas geschehen?" Er schloss sie in seine Arme.

„Mir geht es gut", antwortete Lysan mit zitternder Stimme. „Mir geht es gut."

Sofort führte Wulf die beiden in die Siedlung zurück. Die beiden Grauen lagen, unfähig sich zu bewegen, gefesselt am Boden. Ein hasserfüllter Schrei entfuhr der Kehle des Grauen, als er sah, dass Lysan am Leben war.

„Lysan. Gott sei Dank ist dir nichts geschehen." Tana lief ihnen entgegen. „Woher wusstest du, dass die beiden hier Graue sind? Die Sehenden konnten keinerlei Magie an ihnen feststellen."

„Der Mann", antwortete Lysan stockend. „Es ist der Mann aus meinen Albträumen. Der, dessen Gesicht ich nie erkennen konnte. Er sagte immer, dass man uns vernichten würde. Ich habe sein Gesicht nie gesehen, aber die Art wie er sich bewegte. Ich war mir ganz sicher, dass er es ist. Er ist dieser starke Graue", fügte sie flüsternd hinzu.

Ein Kichern ließ sie zu den am Boden liegenden Grauen herumfahren.

„Ihr glaubt doch nicht ernsthaft, dass mich diese lächerlichen Fesseln hier aufhalten werden." Auch die Frau lachte hämisch, als sich die Fesseln der beiden Grauen in Nichts auflösten.

Langsam und sehr selbstsicher stand der Graue auf. „Es ist so einfach, euch zu täuschen.

Wir ahnten seit langem, in welcher Gegend ihr euch verkrochen habt. Unser Plan war so simpel. Wir mussten nur direkt nach der Geburt eines von den minderwertigen weißmagischen Kindern nehmen und in diese Gegend ziehen. Die Gelegenheit, einen neugeborenen Weißen zu retten, würdet Ihr euch nicht entgehen lassen. Unsere Magie abzuschirmen, war ein Kinderspiel. Ihr seid ja so schwach und leichtgläubig. Und jetzt kümmere ich mich um das Mädchen. Clarissa, halte die Leute hier in Schach." Er ging langsam auf Lysan zu.

Wulf schob Ly hinter seinen Rücken. Er würde sie mit aller Kraft verteidigen, selbst, wenn es sein Ende bedeutete. Der Graue lachte verächtlich. Ein Heben seiner Hand reichte aus, um Wulf in die Luft zu befördern und gegen die Wand des nächsten Hauses zu schleudern. Ohnmächtig blieb Wulf auf dem Boden liegen.

Lysan wich ängstlich zurück. Es fühlte sich alles so unwirklich an, so, als wenn sie nur ein Zuschauer wäre und nicht bald das Opfer dieses Mörders.

Der Graue kam immer näher.

„Komm, lass uns spielen", rief er ihr zu. „Ich versuche dich zu töten und du versuchst es zu verhindern. Und bitte", fügte er lächelnd hinzu, „bitte streng dich ein wenig an. Ich will ja schließlich meinen Spaß bei der Sache haben."

Seine Begleiterin schüttelte sich vor Lachen. Lysan sah hilfesuchend zu den Talbewohnern. Alle schauten sie mit vor Schreck geweiteten Augen an, aber niemand rührte sich.

Der Graue bemerkte ihren Blick. „Oh, von denen kannst du keine Hilfe erwarten. Clarissa hat dafür gesorgt, dass sie sich nicht bewegen können. Deine Freunde werden miterleben, wie ich ihre Hoffnung vernichte, bevor ich sie dann einen nach dem anderen auch töten werde."

Verzweifelt stolperte Lysan wieder einige Schritte zurück.

Sie suchte die Gebäude ab. War niemand mehr in der Lage, ihr zu helfen? Ihr Blick fiel auf das Gebäude, vor dem Wulf zusammengebrochen war. Doch Wulf war verschwunden.

Ein kleiner Hoffnungsschimmer keimte in ihr auf. Sie sah sich die Talbewohner an. Suchte die bekannten Gesichter. Es fehlten einige. Es waren tatsächlich nicht alle zu Salzsäulen erstarrt.

Wu, Eda, Tana, John und Bent konnte sie nirgendwo entdecken.

Sie wich wieder einige Schritte zurück.

„Na komm schon. Greif mich an", hörte sie den Grauen übermütig rufen. „Du willst doch wohl nicht kampflos aufgeben?"

Lysan ignorierte seine Worte. Sie suchte die Häuser ab. Suchte ihre Freunde.

Da. Ein Schatten. Oder hatte sie es sich nur eingebildet? War es nur ein Wunschtraum? Ein leises Sirren drang an ihr Ohr. Auch der Graue hatte es bemerkt. Er fuhr herum.

„Nein!" Sein Schrei erfüllte das ganze Tal, wurde von den Felswänden wieder und wieder zurückgeworfen. Die Graue sah ihn mit ungläubigen Augen an. Dann fiel ihr Blick auf den Pfeil, der tief in ihrer Brust steckte und noch immer von der Wucht des Abschusses vibrierte. Langsam sank sie zu Boden, ihre Augen auf das tödliche Holz gerichtet. Als sie starb, löste sich der Bann, der die Talbewohner hatte erstarren lassen. Sie stoben auseinander und suchten hinter den Häusern nach Deckung.

Auch Ly nutzte ihre Chance und versteckte sich hinter dem Brunnen, der nur wenige Meter hinter ihr stand. Was konnte sie tun? Der Graue war ein voll ausgebildeter, starker Magier. Ihre Fähigkeiten waren zwar herausragend, aber sie noch längst nicht soweit, sich mit ihm messen zu können. Und hier, hinter dem Brunnen, würde er sie schnell finden. Sie musste weg. Das nächste Haus lag mehr als einhundert Meter weit entfernt. Sie würde die Strecke nicht überwinden können, ohne dass der Graue sie bemerkte. Sie dachte nach. Musste er sie sehen? Warum eigentlich? Sie konzentrierte sich auf den Umriss ihres Körpers. Langsam wurde er durchscheinend. Lysan hörte die Schritte des Grauen, der gemächlich auf den Brunnen zuschritt.

„Ich weiß, wo du dich versteckt hast. Komm raus und ich mache es kurz und schmerzlos."

Ly blickte an sich hinunter. Es war fast vollbracht. Nur, wenn man genau hinsah, konnte man eine fast substanzlose Form erkennen. Leise und vorsichtig begann sie, in die Richtung des nächsten Hauses zu robben. Sie blieb gebückt, bis sie sich vergewissert hatte, dass sie vollkommen unsichtbar war. Dann stand sie auf und lief hinter das Haus.

Der Graue hatte mittlerweile den Brunnen erreicht und umrundete ihn. Nichts. Sein Opfer war nicht zu sehen. Er runzelte die Stirn. Mit schnellen Schritten umrundete er erneut den Brunnen.

Lysan war so schnell gelaufen, dass sie fast mit Wulf zusammengestoßen wäre, der gerade den Bogen wieder gespannt hatte, um einen Pfeil auf den Grauen abzuschießen. Schnell sprang sie zur Seite, um nicht im Schussfeld zu stehen.

Wulf zielte sorgfältig. Sein Blick war starr auf den Grauen gerichtet. Seine rechte Hand hielt den Pfeil ruhig. Dann schnellte der Pfeil nach vorne. Der Graue hörte das Sirren des schnellen Geschosses und versuchte zur Seite zu springen. Doch er war nicht schnell genug. Der Pfeil bohrte sich tief in seine Schulter.

Vor Schmerz und Überraschung brüllte er auf.

Nun griffen auch die übrigen Bewohner den Grauen an. Aus allen Verstecken feuerten sie Magiekugeln auf ihn ab und traktierten ihn mit Steingeschossen. Der Graue wehrte sich nach Kräften. Aber die stark blutende Wunde und etliche Magiekugeln, die trotz seiner verzweifelten Abwehrversuche ihr Ziel fanden, hatten ihn stark geschwächt. Aus einem Fenster des Ratshauses schoss eine gewaltige Kugel aus reiner, weißer Magie auf ihn zu. Er sah sie erst sehr spät, wollte ausweichen, wollte die Kugel seinerseits mit seiner Magie aufhalten. Aber er wurde getroffen, ehe er seinen gesunden Arm heben konnte.

Die gleißend helle Kugel verschmolz mit seinem Körper, loderte noch einmal auf und er verbrannte zu Asche.

Es war sehr still im Tal. Niemand bewegte sich.

Das hungrige Schreien des Babys, das noch immer im Karren lag, lies sie aus ihrer Erstarrung erwachen. Sie hatten gesiegt. Sie hatten tatsächlich die beiden Grauen vernichtet.

Wulf suchte Lysan. War ihr etwas geschehen? „Ly", rief er sorgenvoll.

„Ich bin hier, Onkel Wulf", hörte er direkt neben sich. Lysan wurde langsam wieder sichtbar. Wulf nahm sie in seine Arme. „Gott sei Dank. Dir ist nichts geschehen", flüsterte er leise.

Mittlerweile hatten sich alle Bewohner vor dem Ratshaus versammelt. Eda hatte den kleinen

Jungen aus dem Karren gehoben und in eine dicke Decke gehüllt. Nochmals wurde er gründlich untersucht.

Aber auch diese Untersuchung ergab, dass es sich um ein weißmagisches Kind handelte.

Die Leiche der Grauen wurde, zusammen mit der Asche ihres Gefährten, in der Nähe des kleinen Sees beerdigt.

Tana bot an, sich um das Baby zu kümmern. Niemand erhob Einwände.

Für den Abend wurde eine Versammlung aller Bewohner des Tales angekündigt. Die Ereignisse des Tages sollten besprochen und ausgewertet werden.

Latbergen – Rache

Hel stand bewegungslos am Fenster. Er hatte den Tod seines Zwillingsbruders gespürt, als wenn er selbst angegriffen worden wäre. Wut stieg in ihm auf. Sie hatten so große Pläne geschmiedet. Sie hatten die Macht ergreifen wollen. Gemeinsam. Nun war er alleine und diese verfluchte Weiße war immer noch am Leben. Rache. Ja. Er würde seinen Bruder blutig rächen.

„Hel!" Ein weißhaariger alter Grauer hatte den Raum betreten. „Es ist soweit. Dork hatte eine Vision. Die Weiße muss irgendwo einen magischen Kreis errichten. Er konnte nicht erkennen, wo das sein soll. Er meinte nur, dass es nicht in dieser Gegend ist. Er sah seichte, grüne Hügel und eine Ritualstätte, die offenbar schon mehrfach genutzt wurde. Ich habe Nachrichten an alle Burgen der Umgebung geschickt und nachgefragt, ob jemand etwas mit der Vision anfangen kann. Sie sollen die Frage an weitere Burgen senden, wenn sie die Antwort nicht kennen. Außerdem sollen sie nach den Weißen Ausschau halten. Die werden ja jetzt wohl ihren Unterschlupf verlassen."

„Danke, Son. Gib der Truppe Bescheid, dass sie sich zum Aufbruch rüsten soll. Wir werden auf die Jagd gehen. Wir jagen Weiße."

Sein hasserfüllter Blick war auf den Horizont gerichtet. Er würde seinen Bruder rächen und die Macht der Grauen auf Ewigkeiten festigen.

Vision

Lysan stand immer noch unter Schock, als Wulf sie zum Haus zurückbrachte. Eda bestand darauf, dass sie sich sofort hinlegte, verdunkelte das Zimmer und gebot den anderen, sich leise zu verhalten. Lysan brauchte Ruhe.

„Du solltest dich auch etwas ausruhen", meinte sie zu Wulf. „Ich hab zwar deine Brustwunde vorhin heilen können, aber der Angriff hat dich einiges an Kraft gekostet. Wir wissen nicht, was in den nächsten Tagen geschehen wird."

„Ich werde mich tatsächlich einen Augenblick hinlegen. Ich fühle mich, als wenn eine Kuh auf mir herumgetrampelt hätte. Danke noch mal, euch beiden. Wu, das war sehr mutig von dir, mich hinter das Haus zu ziehen." Dann ging er auf sein Zimmer.

Er stellte den Bogen und die restlichen Pfeile in die Ecke und legte sich ins Bett. Aber er konnte nicht schlafen. Zuviel ging ihm im Kopf herum. Vieles war heute in der Versammlung zu besprechen. Lysan war nahezu erwachsen. Bald würde sie über ihre volle Kraft verfügen. So kurz vor dem Ziel durfte nichts mehr dazwischen kommen.

Irgendwann fielen ihm dann doch die Augen zu. Er träumte von Doreen. Er träumte immer von Doreen. Ihr helles Lachen, ihre strahlenden Augen, in denen sich das Glück spiegelte, als sie erfahren hatte, dass sie ein Kind erwartete, die Pläne, die sie für die Zukunft schmiedeten. Der Tag nach der Verwandlung, ihre Flucht, der Angriff der Dendraks, Doreens Tod, all das zog wie im Zeitraffer durch seinen Traum. Er war froh, als Eda ihn weckte. Es war Zeit für die Versammlung.

Gemeinsam gingen sie in das große Ratsgebäude. Fast alle Bewohner des Tales waren schon anwesend, als sie ihre Plätze einnahmen.

Nach wenigen Minuten erhob sich Tana und das Murmeln, das bisher den Raum erfüllt hatte, verstummte.

„Meine Lieben", begann Tana. „Der heutige Tag war für uns alle ein unglaublicher Schock. Wir haben feststellen müssen, dass unsere Vorsichtsmaßnahmen nicht ausreichend sind. Trotz mehrfacher Überprüfung, ist es den Grauen gelungen, ihre dunkle Magie zu verbergen und uns zu überlisten. Wir können von Glück sagen, dass niemand von uns ernstlich zu Schaden gekommen ist.

Durch den Grauen haben wir erfahren, dass unsere Feinde die ungefähre Position unserer neuen Zuflucht kennen. Wir haben, meiner Meinung nach, nur zwei Möglichkeiten. Die Erste wäre, dass wir uns wieder ein anderes Tal suchen."

Sie unterbrach ihre Rede. Das laute Protestieren der Anwesenden machte es ihr unmöglich weiter zu sprechen. Sie hob beschwichtigend die Hände. Das Rufen verstummte.

„Die zweite Möglichkeit birgt ein gewisses Risiko in sich. Wir können versuchen, unsere Spuren zu verwischen. Die Grauen haben in einer Hütte, etwa einen Tagesmarsch von hier, gewohnt. Der Rat schlägt vor, von dort aus eine Spur in Richtung Süden zu legen. Es soll so aussehen, als wenn die beiden Grauen mit dem Kind das Gebirge vollständig überquert hätten und unsere Zuflucht auf der anderen Seite der Bergkämme liegt. Ihr könnt Euch vorstellen, dass diese Vorgehensweise sowohl für diejenigen, die die falsche Spur legen, als auch für die Zurückbleibenden mit erheblichen Risiken verbunden ist. Aus diesem Grunde hat der Rat beschlossen, die Meinung aller hierzu einzuholen. Im Anschluss an meine Ansprache habt Ihr Gelegenheit, euch untereinander zu besprechen. Dann können hier Fragen gestellt und Meinungen kundgetan werden. Wenn alle Fragen geklärt sind, werden wir eine Abstimmung durchführen."

Tana setzte sich. Sofort begannen eifrige Diskussionen.

„Wir können doch nicht schon wieder fortziehen ...", hörte sie aus der einen Ecke. „Aber, wenn sie doch schon ungefähr wissen, wo wir uns befinden...", kam es aus der Anderen.

Eine Stunde hitziger Diskussionen war vergangen. Lysan hatte sich die gesamte Zeit über nicht auf ihrem Stuhl bewegt. Scheinbar teilnahmslos verfolgte sie die Streitgespräche. Es ging um sie. Sie brachte hier alle in Gefahr. Die Menschen hier erwarteten ein Wunder von ihr. Sie sollte sie befreien. Lysan wurde immer verzweifelter. Wie sollte sie den Vorstellungen der Leute gerecht werden? Tiefe Zweifel nagten an ihr. Und wenn sie nicht diese Auserwählte war? Wenn sich alle hier unnötig in Gefahr brachten? Hatte sich Wulf geirrt? Warum sollte ausgerechnet sie diejenige sein, die die Welt befreite? Lysan sank noch tiefer in sich zusammen.

Wulf bemerkte ihre innere Anspannung. Tröstend legte er einen Arm um sie.

„Es wird alles gut", meinte er.

Wie sollte alles gut werden, wenn sie selbst nicht wusste, was zu tun ist, wenn sie noch nicht einmal sicher war, ob das Vertrauen und die Hoffnungen gerechtfertigt waren?

„Ich bitte um Ruhe." Tana hatte sich wieder erhoben und augenblicklich herrschte absolute Stille im Saal. „Habt ihr noch Fragen, die vor der Abstimmung geklärt werden müssen oder wollt ihr zu der Angelegenheit vorher noch etwas sagen? Ja, Franka?" „Seid ihr sicher, dass sich die Grauen täuschen lassen werden? Sie vermuten uns hier in dieser Gegend. Wieso sollten sie plötzlich annehmen, dass wir uns so weit südlich aufhalten?"

„Wir werden die Strecke so präparieren, dass es aussieht, als wenn wir abermals weiter gezogen sind. Das wird nicht so schwer sein. Die beiden Grauen müssten uns dann gefolgt sein. Wir werden es so aussehen lassen, dass ihre Spuren in Richtung Süden etwas frischer aussehen. Ich denke schon, dass die Grauen der Ansicht sein werden, dass wir nach dem Winter aus Angst südwärts gezogen und dass die beiden Grauen mit dem Baby uns gefolgt sind. Jost, du hast eine Frage oder Anmerkung?"

„Können wir nicht tatsächlich nach Süden ziehen?

Ich weiß, es würde wieder eine anstrengende und gefährliche Reise werden und wir haben uns gerade erst hier richtig eingerichtet. Aber wäre das nicht sicherer für uns?"

„Natürlich könnten wir weiterziehen. Aber ich kenne kein weiteres Tal, in dem wir Zuflucht finden könnten. Wir müssten also zunächst Kundschafter aussenden, die ein entsprechendes Tal suchen müssten. So etwas kann sehr lange dauern. Und ich bezweifle, dass die Grauen uns diese Zeit geben werden. Wenn sie von ihren Kumpanen nichts mehr hören, werden sie beginnen, sie zu suchen. Noch weitere Fragen?"

Niemand meldete sich.

„Dann müsst ihr euch nun entscheiden, ob wir versuchen sollen, in Richtung Süden zu ziehen oder ob wir hier bleiben und den Grauen nur vorspielen, dass wir nach Süden gezogen sind. Bitte hebt die Hand, wenn ihr dafür seid, nach Süden zu ziehen."

Sie blickte in die Runde und zählte. „Das sind zwanzig Stimmen. Nun heben diejenigen die Hände, die für das Täuschungsmanöver sind."

Fast alle aus dem Saal hatten die Hände erhoben. „Gut. Das ist eindeutig die Mehrheit. Wir werden also hier bleiben und eine falsche Spur legen. Der Rat wird noch heute Nacht einen Plan ausarbeiten. Die Versammlung ist geschlossen."

Sie gingen in ihre Häuser zurück. Bevor Lysan zu Bett ging, nahm sie Wulf noch einmal zur Seite. „Onkel Wulf, bist du ganz sicher, dass ich diejenige bin, die die Magie vertreiben wird? Was ist, wenn du dich irrst? Ich könnte es nicht ertragen, wenn noch mehr Menschen meinetwegen sterben würden."

„Ich bin mir vollkommen sicher. Noch nie gab es ein Kind, das schon vor seiner Geburt über ein so ungeheures magisches Potential verfügte. Die Grauen sind auch sicher, dass du die Auserwählte bist. Sie würden sonst nicht so viel daran setzen, dich zu vernichten. Jetzt geh schlafen. Gute Nacht."

Lysan ging in ihr Zimmer. Noch immer nagten Zweifel an ihr. Wulf hatte sie nicht überzeugen können.

Am nächsten Morgen rief der Rat diejenigen zu sich, die er für die gefährliche Aufgabe der Legung einer falschen Spur für am besten geeignet hielt. Es waren sieben Weiße, die mit schnellen Pferden ausgestattet, eine falsche Fährte nach Süden legen sollten. Vom Karren, auf dem die Grauen ins Tal gebracht wurden, nahmen sie einige persönliche Gegenstände der beiden mit. In unregelmäßig langen Abständen würden sie sie am Wegesrand zurücklassen. Drei Tage waren sie nun schon unterwegs und die Anspannung im Tal war fast greifbar.

„Glaubst du, dass es Horm und den anderen gut geht? Sie sind schon so lange unterwegs." Kareen war in großer Sorge um ihren Mann und ihre Freunde. „Sie sind am Leben. Ich spüre ihre Präsenz. Beruhig dich. Es wird alles gut gehen", antwortete Tana und schenkte ihrer Freundin eine Tasse Kräutertee ein.

Am Abend des dritten Tages kehrten sie zurück. Sieben vollkommen erschöpfte Menschen hingen mehr auf ihren Pferden, als dass sie darauf saßen.

Auch die Pferde waren am Ende ihrer Kräfte.

Man half den Weißen von den Tieren.

„Ist die Spur gelegt?", fragte Tana besorgt, als sie bei zweien der Rückkehrer schwere Wunden feststellte.

„Eda, schnell!"

Eda war sofort bei ihr. Sie untersuchte die Wunden.

„Das sind Spuren von Dendrakangriffen. Eindeutig." Dann konzentrierte sie sich auf die Heilung.

Der Weiße öffnete unter ungeheurer Anstrengung die Augen. „Die Spur ist gelegt. Wir wurden, kurz bevor wir wieder zurückkehren wollten, aus dem Hinterhalt von Dendraks angegriffen. Keine Sorge. Von denen hat niemand überlebt. Sie können ihren Herren nichts berichten. Ihr Tod wird die Annahme verstärken, dass wir das Gebirge vollständig überwunden haben und uns nun auf der anderen Seite befinden." Dann verließen ihn die Kräfte und er fiel in einen tiefen Schlaf.

Am nächsten Morgen war der Rat in heller Aufregung. Man holte Wulf und Lysan ins Ratshaus. „Hennig verfügt, wie Ihr wisst, über die Gabe des zweiten Gesichts. Heute Nacht hatte er eine Vision.

Hennig, erzähl bitte, was du gesehen hast." Henning war sehr aufgeregt, als er mit seinen Ausführungen begann.

„Ich sah Lysan. Sie stand in einem Kreis aus großen Steinen. Dieser war von zwei weiteren umgeben. Ich sah, wie sie einen Graben und einen zusätzlichen Steinkreis errichtete. Als die Sonne aufging, fiel ihr Schein genau auf den am Boden liegenden Stein, auf dem Lysan stand. Sie erstrahlte in hellem Licht. Dann hob sie ihre Arme und das helle Licht breitete sich über die gesamte Erde aus.   Dann war die Vision zu Ende."

„Hast du gesehen, wo es sich zugetragen hat?", fragte Tana aufgeregt. Ihr Gesicht hatte hektische rote Flecken bekommen.

„Nein. Die Gegend kam mir vollkommen unbekannt vor. Ich sah keine Felsen. Ich sah grüne Hügel. An mehr kann ich mich nicht erinnern."

Tana drehte sich zu Wulf, um ihn etwas zu fragen. Doch Wulf saß mit weit aufgerissenen Augen da und starrte Henning an.

„Was ist los, Wulf?", fragte Tana besorgt.

Doch Wulf antwortete nicht auf ihre Frage. Stattdessen stellte er selbst Fragen an Henning.

„Du sagst, sie stand in einem Kreis aus großen Steinen, um den sich zwei weitere Steinkreise befanden. Und diese Steinkreise liegen nicht hier im Gebirge?"

„Ja. So habe ich es gesehen. Weißt du, wo das ist?", fragte Henning.

Wulf nickte. „Ich weiß, wo das ist. Wir müssen hoch zur Küste, dann über das Meer in ein anderes Land. Dort liegt ein Ort, den man einstmals Stonehenge nannte. Er besteht aus Steinkreisen. Vor der Umwandlung rätselten die Wissenschaftler, welchem Zweck diese Kreise dienten. Sie vermuteten, dass sie eine Begräbnisstätte, ein Beobachtungszentrum für Sterne waren oder dass die Kreise einen Tempel darstellten. Sollte es möglich sein... Sollte es schon einmal eine Verwandlung gegeben haben und Stonehenge der Ort sein, an dem diesem Spuk schon einmal ein Ende bereitet wurde? Je länger ich darüber nachdenke, umso logischer erscheint mir diese Theorie."

„Übers Meer? Wie soll das zu schaffen sein? Ihr werdet ein Schiff brauchen. Ich kann mir nicht vorstellen, dass ein Schiff so einfach aufzutreiben ist", entgegnete Tana.

„Wir sollten Onkel Bent holen. Er hat mir einmal erzählt, dass er Boote bauen kann. Er hat früher ja Fische gefangen", warf Lysan ein.

Wulf war zwar skeptisch, denn die Boote, die Bent gebaut hatte, waren ausschließlich für die Fahrt auf Seen und bestimmt nicht für das offene Meer geeignet. Da er aber selbst keine bessere Idee hatte, ging er in sein Haus zurück und holte ihn. „Ein Boot bauen, das über das Meer fährt?" Bent blickte sie entgeistert an, als sie ihm von dem Plan erzählten. „Ich kann euch alles Mögliche bauen, aber solch ein Boot? Wie groß muss es denn sein? Wie viel Leute sollen darauf Platz finden?"

„Ich denke, dass es Platz für zehn Personen bieten sollte. Du müsstest mitfahren, außerdem selbstverständlich Lysan, dann Wulf und sieben andere Weiße. Mehr Leute können wir nicht mitgeben. Wir besitzen nur zehn Pferde. Ohne Pferde würdet ihr die Küste nicht erreichen. Selbst mit den schnellen Pferden ist der Weg sehr gefährlich."

„Zehn Personen und dann auch noch die Pferde. Ich werde überlegen, wie man das bewerkstelligen kann." Er verließ den Ratssaal sehr nachdenklich.

In der nächsten Zeit ging es im Tal sehr geschäftig zu. Es wurden große Satteltaschen genäht, die die Vorräte der zehn Reisenden aufnehmen sollten.

Decken und Reiseumhänge stapelten sich im Lagerhaus. Fast täglich kamen neue Ausrüstungsgegenstände dazu. Es wurden Tiere geschlachtet, Fische gefangen, geräuchert oder getrocknet.

Die Häute der geschlachteten Tiere wurden nach Bents Anweisungen zu dünnen Lederstücken verarbeitet. Er hatte eine ungefähre Vorstellung, wie groß das Segel sein musste, das sie benötigten. Als die Stücke allerdings nebeneinander gelegt wurden, war allen klar, dass dieses Segel nicht in einem Stück transportiert werden konnte. So kam man überein, das Segel in zehn Stücken auf die Pferde aufzuteilen und erst an der Küste zu einem vollständigen Segel zusammenzunähen.

Es wurde beschlossen, die gefährliche Reise bei Anbruch des Frühlings zu wagen.

Als die Tage länger wurden und die Schneedecke sich immer weiter zurückzog, war das Lagerhaus gefüllt und die Reise stand kurz bevor.

Bent hatte fast den gesamten Winter in seinem Zimmer verbracht, gegrübelt, Entwürfe erstellt und wieder verworfen, Modelle gebaut und immer wieder Berechnungen angestellt.

Gegen Ende des Winters hatte er ein Modell entworfen, das sowohl die Menschen, als auch die Pferde aufnehmen konnte und seiner Meinung nach auch die Überfahrt überstehen würde.

Voraussetzung war, dass man genug entsprechend dicke und große Bäume an der Küste fand. Wulf nickte anerkennend, als er das Modell sah. Es ähnelte einem Katamaran aus früheren Zeiten.

Am Abend vor der Reise wurde ein Abschiedsfest veranstaltet. Dabei herrschte eine seltsame Stimmung.

Einerseits wuchs mit der Abreise Lysans die Hoffnung, dass die Herrschaft der Dunklen bald ein Ende nehmen würde, andererseits wussten alle um die Gefahren, die außerhalb des Tales lauerten. Es würde eine lange und gefährliche

Reise werden und niemand konnte sicher sein, dass alle sie überleben würden.

Gebirge – Verfolgung

Hel trat aus seinem Zelt, als er die Ankunft der Späher bemerkte. Ihre Pferde waren vom scharfen Ritt schweißüberströmt und ihre Flanken zitterten. „Herr. Sie sind nach Süden gezogen. Wir haben auf der anderen Seite des Gebirgszuges einige tote Dendraks gefunden. Sie wurden eindeutig durch Magie getötet. Die Weißen sind im Süden", berichtete einer der Reiter atemlos.

„Brecht die Zelte ab!", rief Hel. „In einer halben Stunde brechen wir auf! Es geht nach Süden." Er fand es merkwürdig, dass die Weißen ihre Zuflucht verlassen hatten.

Hels feine Sinne suchten in Richtung Süden.

Nichts.

Keine Spur der starken Weißen.

Er vermutete, dass das massive Gebirge die Spuren verdeckte.

Aber er war vorsichtig. Hel ließ seinen Seher durch einen Boten aus Latbergen holen. Er hatte das unbestimmte Gefühl, ihn hier zu brauchen.

Seine innere Stimme sagte ihm, dass irgendetwas nicht mit rechten Dingen zuging.

Aufbruch

Die Sonne war noch nicht aufgegangen, als sie sich für die Abreise rüsteten. Die Satteltaschen waren vollgefüllt und hingen an ihren Plätzen. Die Pferde tänzelten aufgeregt umher. Es wurde Zeit Abschied zu nehmen.

„Viel Glück und kommt gesund zurück." Tana drückte alle zum Abschied. Lange blickte sie ihnen noch hinterher. Nun kam für die Daheimgebliebenen der schwerste Teil. Das Warten.

Sie ritten schon den gesamten Vormittag. Mit ihren Pferden kamen sie schnell voran. Vorneweg ritt Wulf mit Lysan. Wulf überprüfte die Gegend immer wieder mit seinen feinen Sinnen. Sie mussten darauf achten, dass sie Siedlungen oder Burgen der Grauen oder gar den Todeszonen der ehemaligen Kernkraftwerke nicht zu nahe kamen.

Um die Pferde zu schonen, legten sie alle vier Stunden eine Pause ein. Doch auch mit diesen Unterbrechungen, hatten sie das Gebirge am frühen Abend fast hinter sich gelassen. Die Nacht verbrachten sie in einer kleinen Höhle, die von den Weißen versiegelt wurde, nachdem sie die Spuren, sorgfältig verwischten.

Wulf teilte Nachtwachen ein.

Ständig wurde nach der Anwesenheit von Grauen oder Dendraks gesucht. Aber in dieser Nacht drohte ihnen keine Gefahr.

Gut ausgeruht zogen sie am Morgen weiter. Die Berge, die bisher Sicherheit boten, entfernten sich immer weiter.

Sie folgten zunächst einem Flusslauf, änderten aber ihre Richtung, als am Ufer eine Siedlung zu erkennen war. In einem weiten Bogen umgingen sie die Siedlung.

Die Landschaft wurde kärglicher, je weiter sie sich vom Fluss entfernten. Es schien, als ob die Lebensenergie der Pflanzen mit jedem Meter Abstand weichen würde.

Und dann sahen sie die Warnungen. Sie waren eindeutig.

Im Abstand von fünfzig Metern waren zur Abschreckung Totenköpfe auf lange Stangen aufgespießt worden.

„Nicht weiter in diese Richtung!", rief Wulf. „Das ist eine der Todeszonen. Wir dürfen nicht weiter in dieses Gebiet eindringen."

Lysan lief ein kalter Schauer über den Rücken, als sie die Ansammlung von Schädeln sah, die ein immens großes Gebiet markierten. „Was sind eigentlich diese Todeszonen? Ich sehe, dass die

Pflanzen hier nicht so gut wachsen, aber warum ist das so?"

„Ich hatte es dir bereits vor einiger Zeit erzählt. In der Zeit vor der Umwandlung benutzte man viele Geräte, die mit Strom – einer Energie – genutzt wurden. Zur Gewinnung dieser Energie betrieb man Kraftwerke. Unter anderem Kernkraftwerke. Die Quelle der Energie musste ständig mit Wasser gekühlt werden. Als während der Umwandlung die Kühlung nicht mehr funktionierte, kam es im Umkreis der meisten Kernkraftwerke zu großen Katastrophen. Die Gebäude selbst verschwanden in einem riesigen Feuerball.

Alles Leben in weitem Umkreis wurde vernichtet. Pflanzen, Tiere und Menschen, die sich noch in weiterer Entfernung zu den Feuerbällen aufhielten erkrankten, starben oder veränderten sich. Nicht alle diese Kraftwerke verursachten solche Katastrophen. Während der Umwandlung verwandelten sich auch einige Menschen, die sich in ihnen aufhielten, in Weiße oder Graue. Einigen gelang es, die Katastrophe abzuwenden, in dem sie die Quelle der Energie in etwas Ungefährliches umwandelten. Oder sie legten einen Schutzwall um die Gebäude, so dass die Zerstörung nur auf einen kleinen Raum begrenzt war. Die Kraftwerke, die aber nicht geschützt werden konnten, verseuchten die Umgebung. Sie ist immer noch gefährlich. Und auch einigen Lebewesen, die sich dort entwickelt haben, sollte man besser aus dem Weg gehen", erklärte Wulf.

Sie ritten schweigend an den Markierungen der Todeszone vorbei und beobachteten angestrengt die Umgebung.

So entging es ihnen nicht, als das hohe Gras sich vor ihnen zu neigen begann. Wulf gebot allen, stehen zu bleiben.

Einige Meter vor ihnen erblickten sie ein seltsames Tier, das ihren Weg kreuzte. Es maß mehr als zwei Meter, war etwa einen halben Meter hoch, der Körper war mit einem dunkelbraunen Panzer bedeckt und zwei Antennen, die sich tastend auf und ab bewegten, ragten aus dem abgeflachten Kopf. Wulf erschauderte, als er diese Riesenkakerlake beobachtete.

„Verhaltet euch ruhig. Wir dürfen dieses Biest nicht auf uns aufmerksam machen. Kakerlaken sind schnell und gefräßig", flüsterte er.

Sie bemühten sich, ihre Pferde so leise wie möglich von dem Monstrum fort zu bewegen. Meter um Meter entfernten sie sich von ihm.

Wulf glaubte schon, dass sie der Gefahr entronnen waren, als der Wind sich drehte und eine Böe sein Haar zerzauste.

Die Kakerlake hielt in ihrer Bewegung inne. Wulf stockte der Atem als er sah, dass sich die

Fühler der Kreatur langsam und ruckartig in ihre Richtung drehten.

„Weg hier!", schrie er und gab seinem Pferd die Sporen. „Schneller!" Die Pferde brauchten kaum angetrieben zu werden. Auch sie spürten die Gefahr, die auf sechs langen, dünnen Beinen hinter ihnen her jagte.

Nur mit Mühe erreichten sie vor dem Biest den Fluss. Doch ihnen war bewusst, dass die Kakerlake auch durch die Fluten nicht aufgehalten werden konnte. Die Pferde stürzten sich ins Wasser und wurden sofort von der Strömung flussabwärts gezogen. Wulf blickte sich um. Nun hatte auch die Kakerlake das Ufer erreicht. Sie hatten keine Chance. Das Tier war viel zu schnell.

Dann ertönte ein Krachen, als wenn ein Baum vom Wind umgeknickt würde. Die Gefährten trauten ihren Augen nicht. Eine riesige Schlange hatte sich auf ihren Verfolger gestürzt und die großen Giftzähne offenbar mühelos in dessen Panzer versenkt.

„Los, weiter!", rief Wulf. „Wir müssen das andere Ufer erreichen, bevor die Schlange mit ihrer Mahlzeit fertig ist und Appetit auf einen Nachtisch hat." Vollkommen erschöpft erreichten sie nach mehreren

Minuten das Ufer. Aber es war keine Zeit zu rasten.

Sie mussten die Todeszone schnell hinter sich lassen.

Am späten Nachmittag erreichten sie eine kleinere Ruinenstadt und beschlossen, dort das Nachtlager aufzuschlagen.

Sie verbarrikadierten sich in dem halb verfallenen Keller eines größeren Gebäudes, dessen vordere, mit Efeu überwachsene Fassade, noch über zwei Etagen stand. Es waren noch vier Kellerräume vorhanden, die sie selbst mit den Pferden erreichen konnten. Nachdem die Eingänge gegen einen Angriff der Dendraks gesichert waren, erkundeten Lysan und Wu den Keller. Die hinteren Räume waren mit Schutt übersät. Hier war teilweise die Decke eingestürzt und die Mauerreste versperrten den Weg nach oben. Der Staub lag zentimeterdick auf dem Boden. Wu entzündete eine Kerze und suchte den ersten Raum ab. Außer ein paar morschen, zerbrochenen Holzbalken und verrosteten Metallstreben, die vielleicht in früheren Zeiten ein Regal dargestellt hatten, war hier nichts zu finden. Die Beiden gingen in den nächsten Raum und blieben wie angewurzelt stehen. Wu beleuchtete ihren Fund. Es war eindeutig.

Dann schlichen beide leise zu ihren Gefährten zurück.

Im ersten Keller war man dabei, aus den mitgenommenen Decken Schlafstellen herzurichten. Eda holte gerade fürs Abendessen ein großes

Stück Schinken hervor, als sie die leichenblassen Gesichter der Kinder sah.

„Was ist los?", wollte sie gerade fragen, doch Wu sprang zu ihr und hielt ihren Mund zu. Erschrocken ließ sie den Schinken zurück in die Satteltasche fallen. „Spuren. Im übernächsten Keller. Sie sind ganz frisch.

Es sind eindeutig Dendrakspuren", flüsterte Wu.

Bent sprang auf und ergriff die Machete.

Wulf hob einen Finger an seinen Mund. Sie sollten alle still sein. Er wollte mit Hilfe seiner Sinne die Gegend noch einmal nach Lebewesen durchsuchen. Er konzentrierte sich und ließ die Umgebung auf sich einwirken. Wulf spürte in nächster Nähe die Anwesenheit vieler kleiner Tiere, die aber keine Gefahr für sie darstellten. Er weitete seine Suche aus. In nicht allzu weiter Entfernung erspürte er Lebewesen, konnte aber nicht erkennen, worum es sich handelte.

„Da ist irgendetwas. Etwas Lebendiges. Aber ich kann nicht feststellen, was es ist", erklärte er den Wartenden. „Wir müssen nachsehen. Eda, Lysan, ihr bleibt hier. Die anderen folgen mir."

Sie zündeten weitere Kerzen an und verließen den Kellerraum.

Lysan und Eda blieben im Schein einer einzelnen Kerze in einer Ecke zusammengekauert zurück. Die Gruppe betrat den Raum, in dem Wu die Spuren bemerkt hatte. Wulf beugte sich hinunter. Eindeutig. Es waren Dendrakspuren. Man konnte deutlich die Schleifspuren des langen Schwanzes und die Abdrücke der scharfen Krallen erkennen. Er beleuchtete mit der Kerze die Kellerwände. In der hintersten Ecke war ein etwa ein Mal ein Meter großes Loch in der Wand herausgebrochen.

Vorsichtig gingen sie darauf zu. Schon nach wenigen

Augenblicken hörten sie ein eigentümliches Rascheln aus dem Raum hinter dem Loch. Hennig kniete sich neben die Öffnung und beleuchtete den Raum dahinter mit seiner Kerze. Fast hätte er sie vor Schreck in den Staub fallenlassen. Die übrigen Mitglieder der Gruppe wichen entsetzt zurück. Wulf war der Erste, der sich wieder in der Gewalt hatte.

„Wir müssen die Öffnung sofort verschließen. Seid leise. Nehmt die Felsbrocken, die hier überall herumliegen. Vielleicht haben wir Glück und es sind momentan keine Ausgewachsenen hier. Die Dendraks scheinen die Eier erst vor kurzer Zeit hier gelegt zu haben."

Sie begannen, so leise wie nur möglich, Steine vor die Öffnung zu stapeln. Nach einer Stunde war das Loch so versperrt, dass selbst ausgewachsene, starke Dendraks es nicht mehr öffnen konnten. Sie gingen in den ersten Keller zurück.

„Was habt Ihr die ganze Zeit gemacht? Ihr habt so lange gebraucht." Lysan kam ihnen entgegen.

„Die Spuren, die du gesehen hast, stammen tatsächlich von einem Dendrak. Wir haben eine Öffnung zu einem Nebenraum gefunden.

Dort liegt ein Nest mit Dendrakeiern. Alle frisch gelegt. Von den erwachsenen Dendraks haben wir keine Spur entdeckt. Wir wissen zu wenig über das Brutgeschäft der Dendraks. Vielleicht lassen sie ihre Brut nach der Eiablage ja vollkommen alleine. Wir haben das Loch verschlossen. Da kommt erst einmal nichts mehr durch", erklärte Wulf.

Sie saßen noch eine Weile eng beieinander, doch niemand sprach ein Wort.

Am nächsten Morgen entfernten sie früh die Bretter vor dem Eingang zum Keller, nachdem Wulf die Gegend nach Dendraks abgesucht hatte. Müde stiegen sie auf ihre Pferde und ritten weiter in nordwestliche Richtung, immer der Küste entgegen. Als sie am Mittag eine Rast einlegten, setzte sich Lysan neben Wulf.

„Onkel Wulf, wie weit müssen wir denn über das Meer fahren?", fragte sie.

„Nun, wenn wir die engste Stelle zwischen dem Festland und dem ehemaligen England nehmen, sind das ungefähr zweiunddreißig Kilometer. Das hört sich wenig an, aber dort herrscht eine starke Strömung. Wenn wir hinübersegeln, werden wir an realer Strecke viel mehr zurücklegen müssen. Es ist aber möglich, dass wir die engste Stelle gar nicht nutzen können. Ich weiß nicht, ob sich dort vielleicht eine Todeszone befindet. Wir werden sehen. Zunächst einmal müssen wir die Küste erreichen." Er stand auf. „Wir müssen weiter."

Sechs Tage waren sie unterwegs. Ständig überprüfte Wulf die Gegend. Zwei Mal mussten sie einen weiten Bogen reiten, um Siedlungen oder Burgen aus dem Weg zu gehen. Ein weiteres Mal sahen sie vor sich plötzlich nur noch verkrüppelte Vegetation, keine Wälder, keine grünen, satten Grasflächen. Sie hatten wieder eine der Todeszonen erreicht, die auch hier mit Totenkopfpfählen markiert war. Lysan schüttelte sich vor Entsetzen, als sie an ihre erste Begegnung mit den mutierten Kreaturen dachte.

Wulf lenkte sein Pferd in weitem Bogen um die kontaminierte Zone.

Am Abend des sechsten Tages, als sie sich gerade in einer verlassenen Hütte einrichteten, sahen sie die ersten Möwen. Sie waren also nicht mehr weit von der Küste entfernt. Morgen würden sie das Meer sehen.

Nun musste es ihnen nur noch gelingen, die schmalste Stelle nach England zu finden und dann war noch das Boot zu bauen. Wulf lachte bitter auf. Noch so viel Arbeit. Noch so viele Gefahren.

Wie Wulf richtig vermutet hatte, lag nach einem kurzen Ritt am nächsten Morgen die Küste vor ihnen. Die übrigen Mitglieder der Gruppe hatten so viel Wasser noch nie gesehen. So blieben sie einen Augenblick am Strand und ließen den Wind und die Wellen auf sich einwirken. Doch Wulf drängte zum Aufbruch. Sie ritten am Strand entlang, in der Hoffnung, einen Anhaltspunkt für die günstigste Überquerungsmöglichkeit zu finden.

Es war Eda, die gegen Mittag die uralte, verfallene Hafenanlage entdeckte.

Wulf suchte die Ruine ab. Hier gab es, außer kleinen Nagern und Insekten, keine Lebewesen. Sie ritten auf die Hafenanlage zu. Hier musste einmal ein großes Hafenbecken gewesen sein. Die Gebäude, die in der Nähe des Wassers gestanden hatten, waren vollkommen verschwunden. Wind, Regen und Salzwasser hatten nichts zurückgelassen.

Etwas weiter vom Strand entfernt, sahen sie allerdings verfallene Häuser. Sie beschlossen, in einem der Häuser ihr Quartier aufzuschlagen. Vor einem der Steinhaufen, der vor sehr langer Zeit einmal ein Haus gewesen sein musste, blieb Wulf stehen, als er im Geröll etwas blinken sah. Er stieg von seinem Pferd ab und bückte sich.

Das glänzende Etwas war ein Stück Glas, das einmal zu einer Schneekugel gehört haben musste. Man konnte immer doch das Eingravierte *Chers salutations de Calais* erkennen. Calais. Sie hatten die engste Stelle erreicht. Der Steinhaufen zu seinen Füßen war vermutlich in früheren Zeiten ein Souvenirgeschäft gewesen.

Sie ritten in die Ruinenstadt hinein. In der Mitte eines großen, fast freien Platzes, auf dem sich nur wenige

Bäume und Sträucher durch den früher einmal vorhandenen Asphalt einen Weg gebahnt hatten, stand ein viel versprechendes Gebäude. Die oberen Etagen waren zwar nicht mehr vorhanden, doch einige zusammenhängende Räume im Erdgeschoss schienen halbwegs intakt und leicht abzuschotten zu sein. Sie führten ihre Pferde in das Gebäude. Auch in diesen Räumen lag der Staub zentimeterdick. Aber nirgendwo fanden sie Spuren von Leben. Sie richteten sich in einem der leicht zu verschließenden Zimmer ein. Da es schon sehr spät war und alle ziemlich erschöpft waren, beschlossen sie, nichts mehr zu unternehmen und sich auszuruhen. Am nächsten Tag wollten sie die

Ruinenstadt erkunden und nach Material für ihr Boot suchen.

Wulf sandte seine feinen Sinne so weit wie möglich aus, konnte aber auch in mehreren hundert Kilometern keine Menschen, Graue oder Dendrak spüren. Sie verzehrten schnell ihr Abendessen, hüllten sich in ihre Decken und schliefen fast augenblicklich ein. Allein John saß an der Tür und lauschte den Geräuschen. Er hatte die erste Wache übernommen.

Bent schlief schlecht. Immer wieder schreckte er auf.

Schließlich sah er ein, dass er in dieser Nacht keine Ruhe mehr finden würde und setzte sich neben Thoralf, der mittlerweile die Wache übernommen hatte, an die Tür.

„Ich kann nicht schlafen. Immer wieder überlege ich, wie das Boot am schnellsten gebaut werden soll. Wir haben ja nicht viel Zeit. Wer weiß, wann hier Graue oder Dendraks auftauchen." Er seufzte. „Hoffentlich finden wir hier genug Material. Auf dem Ritt hierher habe ich nicht sehr viele Bäume von dem Umfang gesehen, den wir brauchen werden."

„Beruhige dich. Uns wird schon etwas einfallen", flüsterte Thoralf.

Gebirge – Erkenntnis

„Herr, eine Nachricht aus Lôrle." Eine Wache reichte Hel ein Stück Papier. Die Taube, die das Papier transportiert hatte, trug er in der anderen Hand.

Hel las die Nachricht aufmerksam. Wieder und wieder überflog er die Zeilen. Seine Miene wurde düster. Schließlich schlug er mit der Faust wütend gegen den Baum, an dem er gelehnt hatte. „Aufbruch! Wir müssen nach Norden. Die Franzen haben sie an der Küste entdeckt."

Binnen kürzester Zeit war das Lager abgebrochen und die Grauen stiegen auf ihre Pferde. Niemand wagte Hel anzusprechen. Jeder fürchtete um sein Leben.

Die Insel der Weißen Magier

Nebel empfing Bent, als er am Morgen den Unterschlupf verließ. Er konnte keine zehn Meter weit sehen. Auch die anderen der Gruppe verließen ihre Schlafplätze.

„Ich denke, dass es wohl das Beste ist, wenn wir erst einmal etwas essen. Vielleicht kommt zwischenzeitlich Wind auf und vertreibt den Nebel. Im Augenblick bringt es nichts, blind in der Gegend herum zu suchen." erklärte Wulf und sie kehrten in die Räume zurück. Eda und Lysan bereiteten ein kleines Frühstück.

Wulf war der erste, der anschließend die Ruine verließ.

Und er blieb wie angewurzelt stehen.

Es war tatsächlich Wind aufgekommen und hatte den Nebel vertrieben.

So konnte Wulf ungehindert die fünf Schiffe sehen, die im Hafenbecken vor Anker lagen. Hinter ihm schrie Eda vor Schreck kurz auf, als sie die großen, hölzernen Schiffe mit den eingerollten weißen Segeln sah.

„Graue?", fragte Thoralf besorgt.

Wulf konzentrierte sich auf das Hafenbecken. Er erspürte dreißig Menschen auf den Schiffen.

Dreißig Weiße!

„Keine Grauen! Kommt, lasst sie uns begrüßen. Vielleicht können sie uns helfen." Freudestrahlend lief er zum Wasser. Seine Gefährten folgten ihm. Von den Schiffen waren mittlerweile Boote zu Wasser gelassen worden und die Besatzungen ruderten durch das sich leicht kräuselnde Wasser zur Mole. Die Boote waren relativ groß. In jedem befanden sich drei Weißmagier.

Zeitgleich erreichten sie die Mole.

Geschickt wie eine Katze sprang eine kleine, zierliche Person an Land.

„Der Oheim sagte, dass die Auserwählte hier ist. Ich hab es ja kaum glauben können. Die Geschichten scheinen also wahr zu sein. Eine Weiße aus den Bergen wird uns von den Tyrannen und ihren Schergen befreien. Ich bin ja so aufgeregt", plapperte sie los.

„Was hat sie gerufen? Ich habe kein Wort verstanden", fragte Leon.

„Sie spricht Englisch", erklärte Wulf. „Man scheint uns, beziehungsweise Lysan, erwartet zu haben", und zu der kleinen Weißmagierin gewandt „Meine Freunde sprechen eure Sprache nicht. Ich werde übersetzen müssen."

„Ich bin Sol", die Person nickte verstehend. Es handelte sich um eine junge Frau. „Wir sind gekommen, euch zu unserer Insel zu bringen. Wir sollten uns aber beeilen. Die Grauen wissen, dass ihr hier seid. Unsere Seher haben die Auserwählte gesehen. Sie sahen, dass ihr kein Schiff besitzt und die Zeit nicht ausreichen würde, eines zu bauen. Deshalb haben wir uns aufgemacht, euch zu suchen." Wulf übersetzte ihre Worte.

„Holt das Gepäck und die Pferde. Wir müssen sofort auf die Schiffe", ergänzte er. Alle beeilten sich, das Festland so schnell wie nur möglich zu verlassen. Zunächst wurden den Pferden die Augen verbunden, damit sie nicht in Panik gerieten.

Dann brachte man sie mit Hilfe von Magie auf die Boote. Es war noch Platz in ihnen, dass alle Reisenden und ihr Gepäck zusammen zu den Schiffen transportiert werden konnten. Auch hier wirkte man wieder Magie, um die Tiere und das Gepäck sicher hinauf zu hieven. Die Menschen folgten.

Schon nach zwei Stunden waren sie bereit, den Ärmelkanal zu durchqueren. Die weißen Segel blähten sich und die Schiffe entfernten sich vom Ufer des Festlandes.

Die See war ruhig und sie kamen gut voran.

Um die Mittagszeit gebot Sol absolute Stille. Vor ihnen erschien, wie aus dem Nichts, eine Nebelbank. „Macht keinen Lärm und versucht auch, die Pferde ruhig zu halten. Der Nebel trägt jedes Geräusch meilenweit. Die Insel, auf der wir leben, wird von Booten der Grauen überwacht. Wir müssen versuchen, unbemerkt in den Hafen zu gelangen." Wulf übersetzte die Anweisung.

„Gibt es hier ständig so dichten Nebel?", fragte er Sol interessiert.

„Den Nebel gibt es hier schon seit der Zeit der Umwandlung. Man erzählt sich, dass er der Grund dafür ist, warum auf unserer Insel keine Grauen geboren werden und, dass es keine Dendraks gibt. Sie können die Insel auch nicht betreten. Der Nebel liegt wie ein Ring um unserer Insel. Wir haben beobachtet, dass die Grauen die Innenseite des Ringes nicht passieren können. Es ist, als wenn sie gegen eine unsichtbare Mauer stoßen würden. Auf Wight gibt es nur normale Menschen und Weißmagier", erklärte Sol.

Nach einer Stunde hatten sie die Nebelbank hinter sich gelassen und steuerten auf einen hell erleuchteten Hafen zu. Hunderte bunt gekleidete Menschen drängten sich am Pier und beobachteten ihre Ankunft.

Geschickt manövrierte Sol das Schiff zur Anlegestelle. Die übrigen Schiffe folgten ebenso elegant. Hilfreiche Hände boten sich den Ankömmlingen an. Schnellstens wurde das Boot ausgeladen, damit Menschen, Tiere und Ladung nicht länger auf den schaukelnden Wasserfahrzeugen verbringen mussten.

Man sah den Gefährten an, dass sie froh waren, wieder festen Boden unter den Füßen zu haben. Wu streckte sich ausgiebig und setzte sich dann auf den Stein, an dem ihr Schiff festgemacht war.

Eine kleine Gruppe Weißmagier in langen, grünen Gewändern, bahnte sich einen Weg durch die Menschenmenge.

„Herzlich Willkommen auf Wight. Wir freuen uns, dass ihr wohlbehalten bei uns eingetroffen seid. Ich bin der oberste Ratsherr Arton. Ist die Auserwählte bei euch?", fragte der größte der Grüngekleideten. Er hatte langes, weißes Haar, das wie ein Wasserfall über seine Schultern fiel.

Sein Gesicht war von Wind und Wetter gegerbt und seine Augen strahlen im gleichen hellen Blau, wie der Himmel über ihnen.

„Wir bedanken uns für die freundliche Aufnahme. Ja, die Auserwählte ist bei uns. Allerdings sprechen die Mitglieder meiner Gruppe eure Sprache nicht. Ich werde übersetzen müssen", antwortete Wulf und zu Lysan gewandt: „Ly, kommst du bitte?"

Als Lysan neben ihm trat, ging ein Murmeln durch die Menschenmenge. Die Auserwählte war bei ihnen. Endlich hatten sie Hoffnung, dass der Terror der Grauen ein Ende nehmen würde.

„Das ist Lysan. Die Auserwählte", stellte er Ly den Bewohnern der Insel vor.

Unsicher sah Lysan sich um. Die Blicke der vielen Menschen, die neugierig auf sie gerichtet waren, bereiteten ihr Unbehagen.

„Kommt erst einmal mit uns. Nach der anstrengenden Reise seid ihr sicherlich erschöpft. Wir haben Quartiere für euch hergerichtet, in denen ihr ausruhen könnt. Heute Nachmittag können wir uns in Ruhe unterhalten und für den Abend ist ein kleines Fest zu euren Ehren geplant." Er blickte Lysan nun direkt an. „Wir freuen uns, dass du hier bist. Endlich scheint sich die Prophezeiung zu erfüllen."

Wulf übersetzte den Gefährten die Ansprache. Der Gedanke an warme, weiche Betten ließ sie aufatmen und so folgten sie den grün gekleideten Weißen zu einem schmucken kleinen Haus am Rand der Hafenstadt. Die Häuser, an denen sie vorbei kamen, waren so ganz anders, als in ihrer Heimat. Nirgendwo waren Halterungen für schwere Laden angebracht, die nachts die Dendraks abhalten sollten. An keinem Haus waren Kratzspuren der Bestien zu erkennen. Überall sahen sie kleine, gepflegte Vorgärten, die liebevoll bestellt waren und Blumen in allen nur erdenklichen Farben prägten den Ort.

Sie kamen an einem Haus vorbei, dessen große, zweiflüglige Tore weit geöffnet waren. Aus dem Innern des Hauses drang das eifrige Schlagen von schweren Hämmern auf Metall zu ihnen. Wu blickte Bent erstaunt an.

„Was macht der da?", fragte er und zeigte auf einen breitschultrigen Mann, der mit bloßem, schweißglänzendem Oberkörper und nur mit Hose und einer ledernen Schürze bekleidet, auf ein rotglühendes Stück Metall einschlug.

„Ich hab so was schon einmal in der Burg der Grauen gesehen, als ich dort Fische abgeliefert habe. Der Mann ist ein Schmied. Bei uns ist es den Menschen nicht erlaubt, Metall zu bearbeiten. Die Grauen fürchten, dass wir Waffen herstellen könnten. Nur im Innern der Burgen wird dieser Beruf noch ausgeübt", erklärte Bent.

„Was für Berufe gibt es hier denn noch?", fragte Lysan interessiert und Wulf übersetzte es ihren Gastgebern.

„Nun, wir haben hier Berufe, die es bestimmt auch bei Euch gibt. Bauern, Imker, Landwirte, Glasbläser, Gastwirte, Lehrer, Papierschöpfer, Schiffsbauer und wie ihr gerade gesehen habt, arbeiten hier auch Schmiede", erklärte der weißhaarige Magier. „Schiffsbauer, Glasbläser, Schmiede, Lehrer und Papierschöpfer gibt es bei uns nicht", antworte Wulf.

„Die Grauen sorgen dafür, dass den Menschen jede

Annehmlichkeit fehlt. Sie müssen hart für ihren Lebensunterhalt arbeiten. So kommen sie nicht auf den Gedanken, sich gegen ihre Peiniger zu wehren. Papier wird nur von den Grauen genutzt. Kaum ein Mensch ist in der Lage zu lesen oder zu schreiben.

Lehrer gibt es nicht. Den Menschen wird jegliches Wissen vorenthalten."

Sie gingen weiter an den ansprechenden, weiß getünchten Häuschen vorbei, bis ihre Gastgeber vor einem etwas größeren Haus stehen blieben. Über dem einladend gestalteten Eingang hing ein Schild mit der Aufschrift „Hotel".

„Hier bringen wir die wenigen Gäste unter, die unsere Insel besuchen. Gestern ist eine Weiße aus dem Norden Schottlands eingetroffen. Sie berichtete, dass sie die Auserwählte suche. Sie habe wichtige Informationen für sie. Ihr werdet sie später treffen.

Ruht euch jetzt aus. Alles Weitere werden wir heute

Nachmittag besprechen."

Arton führte sie ins Haus und wies jedem ein eigenes Zimmer zu. Vollkommen erschöpft sanken sie auf die weißen Laken. Zum ersten Mal in ihrem Leben fühlen sich die Reisenden absolut sicher. Sie waren durch einen magischen Ring geschützt, der seit Jahrhunderten um der Insel lag und den Grauen und Dendraks keinen Zugang gewährte.

Lôrle – Neue Pläne

Mit letzter Kraft erreichte Hels Pferd die Burg in Lôrle. Mit siebzig Untergebenen war er im Süden des Gebirges aufgebrochen, doch nur dreiundzwanzig hatten die Küste erreicht. Sie hatten ihre Pferde stets bis zur Erschöpfung geritten und dann in den Burgen am Wegesrand gegen frische Tiere ausgetauscht. Trotzdem kamen sie zu spät. Heny, der Fürst der kleinen Burg konnte nur berichten, dass die Verfolgten vor wenigen Stunden über das Meer entkommen waren. Er selbst war nicht in der Lage gewesen, die Flucht zu verhindern. Ihm standen nur zehn Magier und keine Dendraks zur Verfügung. Seine restlichen Truppen schützten die Südgrenze des Territoriums vor den Mutanten aus den beiden Todeszonen.

„Ich habe Anweisung gegeben, Schiffe auszustatten, damit die Verfolgung schnellst möglichst aufgenommen werden kann. Auch die Brüder auf der anderen Seite des Kanals sind verständigt. Mein Freund Ten hat bereits geantwortet. Er hat einen

Plan, wie das Mädchen vernichtet werden kann." Heny war sichtlich bemüht, den hohen Grauen zu unterstützen. „Setzt Euch mein Freund, und ruht

Euch erst einmal aus. Die Schiffe werden bei Sonnenaufgang bereit sein."

Das Spiel

Es war früher Nachmittag, als Arton sie wecken ließ. Lysan rekelte sich in ihrem weichen Bett und fühlte sich vollkommen ausgeruht. Eine kleine, zierliche Frau klopfte leise an die Tür und als Lysan ein zurückhaltendes „Herein" hören lies, betrat sie lächelnd das Zimmer.

„Hallo, hast du ausgeschlafen?", hörte Lysan in einem akzentfreien Deutsch. „Ich bin Steff. Ich muss mich mit dir unterhalten, solange wir noch alleine sind." „Du sprichst unsere Sprache?" Erstaunt blickte Lysan die fremde Frau an.

„Es ist das erste Mal, dass ich sie benutze. Ich komme aus Avie und bin seit vorgestern hier, um mit dir zu reden. Als der Schnee in diesem Jahr geschmolzen war, habe ich meine Schafe aus den Ställen auf die Weide geführt. Vorgestern dann bemerkte ich ein seltsames Licht in der Nähe der nördlichen Felswand unserer Zufluchtsstätte. Ich hatte keine Wahl. Das Licht zog mich zu sich hin. Ich wehrte mich, weil ich dachte, dass das Licht ein Produkt der Grauen wäre. Ich versuchte um Hilfe zu rufen, aber ich konnte keinen einzigen Ton herausbringen. Einen Schritt um den anderen näherte ich mich dem unheimlichen Licht bis es mich umschloss. Es war ein eigenartiges Gefühl. Alle Angst, alle Sorgen waren plötzlich verschwunden. Ich fühlte mich frei und glücklich.

Dann kamen die Stimmen. Zuerst war es nur ein leises Flüstern. Ich habe nichts verstanden. Dann wurden die Stimmen lauter. Sie riefen mir zu, die Auserwählte aufzusuchen. Man würde mich nach Wight bringen.

Hier soll ich dich zur Lichtquelle, durch die ich hierher gelangt bin, bringen. Du wirst dort erfahren, was du zu tun hast. Und ich soll dich warnen. Die Grauen wissen, dass du hier bist. Sie können die Insel zwar nicht betreten, haben aber an der Südküste Englands Posten bereitstehen, die dich abfangen sollen. Und sie haben einen Menschen angeheuert, der dich umbringen soll. Sei also auf der Hut. Geh keinen Schritt ohne Begleitung."

„Sie haben einen Menschen dazu gebracht, mich hier umzubringen? Und ich dachte, ich bin hier in Sicherheit?" Lysan sackte in sich zusammen.

Steff setzte sich neben sie aufs Bett. „Keine Sorge.

Dir wird nichts geschehen. Ich habe den Rat über den Attentäter informiert. Komm. Die anderen warten im Garten auf uns. Wir werden ihnen jetzt alles mitteilen."

Lysan zog sich an und gemeinsam verließen sie das Zimmer.

Wie Steff angekündigt hatte, fand sie ihre Gefährten im Garten des Hotels an einem langen Tisch sitzend vor. Die Bewohner der Insel hatten ihnen einen Imbiss bereitet und alle langten kräftig zu.

„Auch schon aufgewacht, Langschläferin?", neckte Wu und reichte Lysan ein Glas Milch. „Du musst unbedingt von der Pastete probieren. Die schmeckt echt lecker." Herzhaft biss er in eine Scheibe Brot, die er dick mit Pastete belegt hatte.

Lysan setzte sich neben Wu und stellte das Glas vorsichtig auf die buntkarierte Tischdecke. Auch Steff setzte sich an die Tafel und begann Fleisch und Brot auf ihren Teller zu legen.

Außer den Gefährten und Steff waren auch einige Mitglieder des Rates der Insel anwesend. Arton freute sich, dass es den Gästen schmeckte. Immer wieder fragte er, ob noch etwas gebracht werden sollte und servierte seinen Gästen Köstlichkeiten der Insel und des Meeres.

Wulf sah eine Gruppe Magier am Rande des Gartens stehen. Sie beobachteten aufmerksam die Gegend. Fragend blickte er zu Arton.

„Steff berichtete, dass ein Attentäter auf der Insel sein soll. Wir wollen kein Risiko eingehen. Lysan wird rund um die Uhr bewacht."

„Ein Attentäter?" Wulf sah alarmiert zu Steff.

„Ich habe es Lysan schon mitgeteilt. Als ich durch das Licht hierhergekommen bin, habe ich erfahren, dass ein Mensch von den Grauen beauftragt wurde, Lysan umzubringen. Ich habe keine Ahnung, wer es ist und ob der Attentäter schon auf der Insel ist. Ich soll euch warnen. Außerdem soll ich Lysan heute nach Sonnenuntergang zum Licht in der Mitte der Insel bringen. Dort bekommt sie weitere Informationen. Mehr kann ich euch leider nicht mitteilen."

„Keine Sorge. Der Auserwählten wird nichts geschehen", beruhigte Arton die Gruppe. „Wir werden sie heute Nacht zum Licht begleiten. Mit den Pferden werden wir nicht länger als zwei Stunden brauchen."

Wulf hatte Arton zugehört. Trotzdem war es ihm nicht entgangen, wie Wu Lysan ansah. Das war mehr als nur freundschaftliche Hilfe, mit der er ihr das Brot reichte. Dieses Glänzen in seinen Augen, wenn Lysan sich bedankte… Wulf lächelte. Sollte sich da eine kleine Liebesgeschichte anbahnen? Zu wünschen wäre es den beiden. Sie hatten in ihrem Leben schon viel Schreckliches erlebt, da wäre es schön, wenn sich nun ein wenig Glück auf ihre Seite stellen würde. Das Essen war beendet und Arton bot an, den Gästen das Dorf und die umliegenden Ländereien zu zeigen. Gemeinsam spazierten sie durch die gepflegten kleinen Gässchen und staunten über die Ruhe und den Frieden, der auf der Insel herrschte. Alle Häuser besaßen Fenster aus Glas, Kinder spielten unbeschwert auf der Straße und, was Wulf am meisten erstaunte, waren die Geschäfte. Seit der Umwandlung hatte er keine Geschäfte mehr gesehen. Auf ihrem Spaziergang sah Wulf eine Bäckerei, einen Fleischer, eine Töpferei und zu seinem Erstaunen sogar einen Blumenladen.

Aber dann verschlug es ihm fast die Sprache. Neben der Tür eines weißgetünchten, kleinen Hauses war ein glänzendes, goldenes Schild angebracht. In großen Lettern stand dort der Hinweis „Attorney". Die Rasse der Anwälte stirbt wohl niemals aus, dachte er bei sich und musste ein Lächeln unterdrücken. „Diese Geschäfte…",begann Wulf. „Ihr könnt doch diese Geschäfte nicht mit Tauschhandel betreiben. Habt ihr eine Währung?"

„In der Tat, wäre der Tauschhandel zu mühsam. Wir bezahlen mit dem Ro. Schau einmal her." Arton zog einen kleinen Lederbeutel unter seinem Umhang hervor und entnahm ihm einige Münzen. „Das ist ein Ro." Er zeigte Wulf eine kleine, uralte Metallscheibe. Verblüfft stellte Wulf fest, dass er sie kannte. Sie war zwar sehr abgegriffen, man konnte aber immer noch die Gravur erkennen. „Das hier sind Pen", erklärte Arton. „Es gibt Einpenmünzen, Zweipen-, Fünfpen, Zehnpen-, Zwanzigpen- und Fünfzigpenmünzen. Einhundert Pen sind ein Ster. Das entspricht dem durchschnittlichen Wochenlohn der Bewohner der Insel."

Wulf hatte sich also nicht geirrt. Man benutzte hier immer noch die alten Münzen, die schon vor der Verwandlung als Zahlungsmittel im Gebrauch waren.

„Wie viele Weiße gibt es hier auf der Insel?", fragte Wulf, um das Gespräch mit Arton fortzuführen. „Wir sind hier dreihundert Weiße. Außerdem leben noch etwa fünftausend Menschen mit uns. Der Großteil der Bewohner arbeitet in der Landwirtschaft und im Fischfang. Wir sind vollkommen autark. Das ist besonders wichtig, weil die Grauen die gesamte Südküste beherrschen."

„Ist es schon oft vorgekommen, dass die Grauen Spitzel oder Attentäter auf die Insel geschickt haben?"

„In früheren Zeiten haben sie es regelmäßig versucht, wir konnten sie aber meist schnell enttarnen, bevor sie größeren Schaden angerichtet haben. Seit mehreren Jahrhunderten haben wir hier aber Ruhe vor ihnen gehabt. Es dürfte sich mittlerweile auch schwierig gestalten, unerkannt zu bleiben. Wir sind nicht viele und praktisch jeder kennt jeden hier. Jeder Neuankömmling hat sich dem Rat vorzustellen und sein Begehren vorzutragen. Steff wurde auch sofort zu uns gebracht, nachdem sie durch das Licht auf die Insel gekommen ist."

Sie hatten den Rand der Siedlung erreicht. Im Gegensatz zu ihrer Heimat sah man hier keine Burg der Grauen. Stattdessen standen sie vor einer großen Rasenfläche, die sehr kurz gehalten war. Mitten auf der Rasenfläche schob ein Mann mühsam einen eigenartigen Gegenstand vor sich her.

„Ein Rasenmäher? Seh´ ich das richtig? Der Mann dort mäht den Rasen?", fragte Wulf erstaunt. „Die Fläche ist sein ganzer Stolz", erklärte Arton lächelnd. „Jeden Tag kümmert er sich um den Rasen. Es ist der beste Platz auf der Insel. Alle Mannschaften sind begeistert davon. Hier spielen sie am Liebsten." „Spielen?" Wulf sah genauer hin. Jetzt erkannte er jeweils ein Holzgerüst, über die große Netze gespannt waren, an beiden Enden der Fläche.

„Das ist ein Fußballplatz!", stieß er entgeistert hervor. „Ihr spielt hier Fußball."

„Du kennst das Spiel?", fragte Arton erstaunt. „Ich habe in meiner Jugend gespielt. Nicht besonders gut. Nur dritte Kreisklasse. Aber es hat immer Spaß gemacht", antwortete Wulf.

„Dritte Kreisklasse?", fragte Arton. „Wir haben hier andere Klassen. Unsere Mannschaften spielen in der Premier League. Sie besteht aus den fünf Mannschaften der Insel. Natürlich ist unsere Mannschaft hier die Beste. Unser Roon hat in dieser Saison schon neun Tore geschossen."

Wulf hätte gerne ein Spiel gesehen. Aber sie würden wahrscheinlich nicht lange genug auf der Insel bleiben.

Er drehte sich um, als hinter ihm Schritte von hunderten Menschen zu hören waren. Fragend blickte er dann zu Arton.

„Ah, es geht gleich los. Ihr habt Glück, dass ihr gerade heute eingetroffen seid. Gleich beginnt das Meisterschaftsspiel der Newport Hotspurs gegen die Ryde Wanderers. Newport kann mit einem Sieg die Tabellenspitze erobern. Aber es wird nicht einfach. Die Abwehr der Wanderers steht felsenfest. Da kommen schon die Spieler." Arton zeigte zu einer Gruppe, die im Gänsemarsch auf das Spielfeld zugelaufen kam. Fast ehrfurchtsvoll hielten die Umstehenden Abstand.

„Onkel Wulf, was ist denn hier los? Du grinst ja über das ganze Gesicht." Neugierig sah Lysan zu Wulf und dann wieder zu der sich nähernden Menschenmenge. Auch Wu, der einen Arm um Lysan gelegt hatte, sah Wulf fragend an.

„Wir werden gleich ein Fußballspiel sehen", erklärte Wulf. „Die kleine Gruppe da vorne sind die Spieler. Ihr seht, dass sie unterschiedliche Kleidung tragen. Die mit den rotgestreiften Oberteilen gehören zusammen und die mit den grüngestreiften Oberteilen bilden die andere Mannschaft. Die Rotgestreiften sind Spieler von Newport, die Grüngestreiften sind Spieler von Ryde."

„Da sind aber noch zwei. Der eine ist ganz gelb und der andere blau angezogen."

„Das sind die Torhüter", erklärte Wulf dem in-
teressierten Wu. „Seht einmal. Die Leute, die ganz
in schwarz gekleidet sind, sind die Schiedsrichter.
Sie sorgen dafür, dass die Regeln des Spiels einge-
halten werden. Ziel des Spiels ist es, den Ball, den
der große dunkelhaarige Schiedsrichter trägt, in
das Tor der gegnerischen Mannschaft zu schie-
ßen."

Langsam wurde es um sie herum lauter.

„We are the champs…", hörten sie von allen
Seiten und „You never walk alone…" Einige Leute
drehten Rasseln und verursachten so einen Höl-
lenlärm. „Was tragen die denn alle für merkwürdige Dinge mit sich herum?", fragte Wu.

Wulf sah sich die Menschenmasse, die sich
langsam auf den Fußballplatz hinbewegte genauer
an. „Ach, die Schals und Mützen meinst du. Du
siehst, dass einige der Schals und Mützen die gleichen Farben haben wie die der Newport-
Mannschaft und andere die der Ryde-Mannschaft.
Die Leute zeigen damit ihre Zugehörigkeit zu
ihnen. Es sind Fans der jeweiligen Mannschaft."

„Kommt mit. Ich werde euch die Funktionäre
unserer Fußballliga vorstellen. Da vorne steht
Leaves, der Vorsitzende." Arton zeigte auf einen
äußerst würdevoll aussehenden, älteren Herren in
einer lindgrünen Robe mit goldener Schärpe.

Gemeinsam bahnten sie sich einen Weg durch die Menge. Wulf bemerkte, dass sich eine Gruppe Weißmagier dicht um Lysan und Wu drängten und sie abschirmten. Man nahm die Attentatsandrohung also sehr ernst.

„Leaves. Das sind unsere Gäste vom Festland. Und das hier", er zeigte auf Lysan „ist die Auserwählte." Leaves reichte Lysan die Hand. Wulf übersetzte alles, was ihre Gastgeber erzählten.

„Ich freue mich aufrichtig, dich kennen zu lernen. Und eine ganz besondere Freude ist es mir, dass ihr ausgerechnet heute hier eingetroffen seid. Das ist das wichtigste Spiel der Saison. Heute entscheidet sich, wer den Pokal gewinnt. Ihr werdet ein spannendes Fußballspiel erleben. Schaut, die Mannschaften betreten gerade das Spielfeld."

Die Gesänge und der Lärm, den die Zuschauer veranstalteten, schwollen noch weiter an. Mittlerweile drängten sich hunderte Menschen um das Spielfeld.

„Das Nutzen von Magie ist den Spielern verboten. Nur die Schieds-, Linien- und Torrichter dürfen ihre magischen Fähigkeiten nutzen", erklärte Arton. „Auch der Stadionsprecher Frost nutzt seine Magie. Schau! Er ist in der Lage zu schweben. So kann er das Spielfeld perfekt überblicken. Außerdem kann jeder Zuschauer die Kommentare hören. Das ist besonders wichtig, wenn es zu strittigen Entscheidungen kommt."

Ein Pfiff ertönte.

Es war ein schnelles Spiel und die Mannschaften schenkten sich nichts. Schon nach wenigen Minuten gelang es Newport, den Ball in den gegnerischen Strafraum zu bringen, wurde aber dort von der ausgezeichneten Abwehr Rydes gestoppt. Der folgende Konter ging ebenso ins Leere.

Wulf war fasziniert von der Schnelligkeit, der Genauigkeit und dem Spielwitz. Er war so auf das Spiel konzentriert, dass ihm beinahe der kleine, unscheinbare Mann entgangen wäre, der sich Zentimeter für Zentimeter immer näher an Lysans Leibwache heranschob. Erst als ein Newportspieler im Strafraum einen Ryders ziemlich unsanft von den Füßen holte, der Schiedsrichter auf den Elfmeterpunkt zeigte und die Menge anfing zu toben, fiel ihm der wie ein einfacher Bauer gekleidete Mann auf. Er war der Einzige, der von der Entscheidung unbeeindruckt schien. Stattdessen blickte er mit verzweifelter Miene zu Lysan. Seine Hände hatte er in den Taschen seiner weiten Hose verborgen.

Meon – Vorbereitung

Ten lief nervös in seinem Zimmer auf und ab. Er wartete auf Nachricht von der Insel. Sein Plan war gut. Er hatte keinen Zweifel daran. Er malte sich in seiner Phantasie schon aus, wie er in der Hierarchie der Grauen aufsteigen würde, wenn er es war, der dieses Mädchen töten konnte. Er! Und nicht einer der mächtigeren Grauen.

Endlich würde er das Ansehen erhalten, dass ihm zustand. Trotzdem ließ er alles für die Ankunft Hels vorbereiten. Er war kein Dummkopf. Gewiss nicht. Er hatte gelernt, dass man mit allem rechnen musste. Gerade hier, wo die Insel der Weißen unerreichbar direkt vor seiner Nase lag. Sein Freund Heny hatte ihm mitgeteilt, wohin sich das Mädchen begeben wollte. Irgendetwas sagte ihm, dass er die Gegend kennen müsse. Seine Berater forschten schon nach der Antwort.

Attentat

Die Wächter diskutierten lautstark über das Foul und vernachlässigten ihre Pflichten. Der Mann schob sich weiter auf Lysan zu und stand nur noch wenige Schritte von ihr entfernt. Wulf wartete ab. Er wollte nicht vorzeitig reagieren. Es konnte immer noch eine harmlose Erklärung für das merkwürdige Verhalten geben. Aus den Augenwinkeln beobachtete er, wie der Abstand zwischen Lysan und dem Mann kleiner wurde.

Auf dem Spielfeld legte sich ein kräftig gebauter Feldspieler der Ryders den Ball auf dem Elfmeterpunkt zurecht und ging einige Schritte rückwärts, um genug Anlauf zu haben. Der gegnerische Torhüter stand konzentriert und leicht gebückt zwischen den Torpfosten.

Vollkommene Stille trat ein. Alle Anwesenden starrten gespannt auf den Spieler der Ryders. Nur der kleine Mann hatte keinen Blick für den Elfmeterschuss. Sein ganzes Interesse galt Lysan. Auch Wulf ließ sich nicht mehr vom Spiel gefangen nehmen. Aufmerksam beobachtete er jede noch so kleine Bewegung des Mannes, der mittlerweile Lysans Wächter hinter sich gelassen hatte.

Der Spieler lief mit langsamen, gleichmäßigen Schritten an. Der Torhüter ließ ihn nicht aus den Augen. Mit ungeheurer Kraft traf der linke Fuß des Spielers den Ball. Die Zuschauer hielten die Luft an. Der Ball löste sich vom gepflegten Rasen, schoss in die Höhe in Richtung des linken Torpfostens. Bis zum letzten Augenblick wartete der Torhüter, ahnte den Weg, den der Ball nehmen würde, schnellte zur linken Seite und lenkte den Ball über die Torauslinie. Der Jubel der einen und die Entsetzensschreie der anderen Fans waren unbeschreiblich. Jubelnd reckten die Leibwächter ihre Hände in die Höhe, die offensichtlich Fans der Ryders waren.

Auf solch eine Gelegenheit hatte der kleine Mann gewartet. Er sprang die letzten drei Schritte auf Lysan zu, zog seine rechte Hand aus der Hosentasche in der er ein langes, scharfes Messer hielt und stürzte sich auf sein Opfer.

Augenblicke später sank er ohnmächtig zu Boden.

Wulf massierte sich seine rechte Faust, die er dem Attentäter mit all seiner Kraft gegen das Kinn gerammt hatte.

Nun hatten auch die Umstehenden bemerkt, was geschehen war. Schnell sperrten einige Leibwächter einen weiten Kreis um den am Boden Liegenden ab, andere scharten sich in einem dichten Kreis um Lysan und bildeten so eine lebende Mauer zu ihrem Schutz.

„Wegbringen!", rief Arton und zeigte auf den Ohnmächtigen. Zwei Wächter hoben ihn auf und trugen ihn in Richtung Siedlung.

„Das hätte nicht passieren dürfen", entschuldigte sich Arton. „Er hätte gar nicht so nah an die Auserwählte herankommen dürfen. Gut, dass du so schnell reagiert hast. Für mich ist das Spiel vorbei. Ich werde ihn verhören. Wollt ihr noch hier bleiben oder kommt ihr auch mit zurück?"

Auch den anderen Reisenden war die Lust an dem Spiel vergangen. Sie folgten Arton wortlos zu einem flachen, weißgetünchten Gebäude. In großen, schwarzen Lettern war „Police" über die Tür gemalt worden.

Wulf folgte Arton ins Haus, während die übrigen und Lysans Leibwächter davor warten wollten.

Drinnen begrüßte sie eine kleine, zierliche Frau mit feuerroten Haaren.

„Sie haben ihn nach hinten gebracht. Soll ich helfen oder kommt ihr alleine zurecht?", fragte sie.

„Komm lieber mit. Ich habe keine Lust, mir irgendwelche Lügen oder Ausflüchte anzuhören." Arton war sichtlich verärgert, dass der Attentäter so nah an Lysan herangekommen war. Und zu Wulf gewandt: „Peg kann jeden Menschen dazu bringen, die Wahrheit zu sagen und sich selbst an Dinge zu erinnern, die sie schon lange vergessen glaubten."

Gemeinsam gingen sie in einen Raum im hinteren Bereich der Polizeistation. Der Gefangene saß, noch immer ohnmächtig und von Hanfseilen aufrecht gehalten, auf einem roh gezimmerten Holzstuhl in der Mitte des Raumes.

„Weck ihn auf!" presste Arton heraus, begierig Informationen von der Britischen Insel zu erfahren. Ein Weißer, der sich im Hintergrund gehalten hatte, trat hervor und legte seine Hände auf den Kopf des Gefangenen. Sekunden später öffnete dieser die Augen, erfasste die Situation und sackte resigniert im Stuhl zusammen. Peg würde leichtes Spiel haben.

Ohne weitere Aufforderung trat sie an den Gefangenen heran und blickte ihm tief in die Augen. Augenblicklich entspannte er sich.

„Berichte uns von den Grauen. Wie haben sie dich dazu gebracht, das Attentat verüben zu wollen", begann Arton das Verhör.

„Sie kamen vor vier Tagen in unser Haus und haben meine Familie und mich in ihre Burg mitgenommen. Dann gaben sie mir den Auftrag eine junge Frau zu töten. Wenn ich es nicht täte, würden sie meine Familie umbringen. Sie sagten, dass ich die Frau daran erkenne, dass sie besonders stark bewacht würde."

„Du warst in der Burg der Grauen. Hast du Informationen darüber, wie sie die Küste gesichert haben?"

„Als sie mich in die große Halle brachten, habe ich gehört, dass die gesamte Südküste überwacht werden soll. Nachts lauern dort Dendraks, tagsüber werden Bauern aus der Gegend dazu gepresst, Wache zu gehen. Sie sollen auf ein Schiff achten, das vom Festland herüber segelt."

„Hast du sonst noch etwas bei den Grauen erfahren?" Arton hatte sich auf einem großen Blatt Notizen gemacht.

„Als ich fast an der großen Tür der Halle war, habe ich gehört, wie sich zwei Graue unterhalten haben. Der Burgmeister meinte, dass einer der beiden Menschen schon Glück haben und den Auftrag erfüllen würde. Selbst, wenn es bei dem zweiten etwas dauere. Mehr wurde nicht gesagt."

Arton nickte Peg zu und sie wandte ihren Blick vom Gefangenen ab. Benommen schüttelte der kleine Mann den Kopf. Dann wurde ihm bewusst, was er verraten hatte. Seine Augen weiteten sich von Panik. „Bitte! Meine Familie! Sie werden sie umbringen!", rief er stockend.

„Wir werden uns um deine Familie kümmern. Keine Sorge. Man wird dich nun in eine Zelle bringen." Arton wandte sich zum Gehen, Wulf und Peg folgten ihm.

„Es gibt also noch einen Attentäter", seufzte Arton, als sie im vorderen Raum der Polizeistation angekommen waren. „Das war auch zu einfach." Vor dem Haus wurden sie von den Freunden erwartet, die sie neugierig ansahen. Wulf berichtete, was er soeben erfahren hatte.

„Noch ein Attentäter." Wu legte seinen Arm beschützend um Lysan. „Du bleibst immer dicht bei mir. Keine Sorge. Wer dir etwas antun will, muss erst an mir vorbei."

Wulf lachte. „Ja, Wu, unser Held."

Auch Lysan musste lächeln. Aber in diesem Lächeln verbarg sich mehr, als nur reine Amüsiertheit. Wulf hatte offenbar Recht. Zwischen Wu und Lysan schienen sich tiefere Gefühle zu entwickeln. Das Fußballspiel war dem Anschein nach zu Ende, denn eine Horde laut grölender und rot-weiße Fähnchen schwenkender Menschen strömte aus Richtung des Fußballfeldes auf den Ort zu. Offensichtlich hatte die Mannschaft ihres Gastgebers sowohl das Spiel, als auch die Meisterschaft für sich entscheiden können, denn einer der Spieler trug einen großen, goldenen Pokal in seinen hoch erhobenen Händen. Sofort bildeten die Wachen eine Mauer um Lysan, um sie vor einem etwaigen Attentäter zu schützen. „Ihr müsst mich nicht immer wie ein kleines Kind behandeln. Ich denke, dass ich sehr gut auf mich selbst aufpassen kann. Außerdem gibt es hier keine Grauen. Ich finde, ihr übertreibt", meinte Lysan mürrisch und versuchte, sich etwas Bewegungsfreiheit zu verschaffen.

„Bitte beruhige dich. Uns geht es alleine um deine Sicherheit. Natürlich bist du nicht hilflos.

Aber wir wollen kein Risiko eingehen", versuchte Wulf sie zu beruhigen.

„Ach, ist doch wahr. Immer ist jemand in meiner Nähe. Niemals kann ich mal alleine für mich sein." „Bald ist ja alles vorbei und du kannst ein ganz normales Leben führen. Komm her." Wulf nahm sie tröstend in seine Arme und flüsterte „Bald ist ja alles vorbei."

„Kommt mit auf den Festplatz. Wir haben heute einiges zu feiern. Eure Ankunft, das vereitelte Attentat und ", Arton lächelte jetzt „nicht zuletzt den Gewinn des Pokals. Folgt mir." Er reihte sich in die Menschenmenge ein, die sich in Richtung Hafen schob. Die Übrigen folgten ihnen, wobei Lysan von einem undurchdringlichen Kokon von Leibwächtern umgeben war.

Kurz vor den letzten Häusern der Siedlung bog die Menschenmenge nach links ab. Nach weniger als fünfhundert Metern erreichte sie einen großen Festplatz, in dessen Mitte bereits mehrere Ochsen am Spieß gedreht wurden und ein köstliches Aroma verbreiteten. In weitem Kreis waren lange Holztische und –bänke aufgestellt, an denen sich die Feiernden rasch niederließen. Arton führte seine Gruppe zu einem freien Tisch, an dem auch die siegreiche Mannschaft und die Schiedsrichter Platz nahmen.

Der große, goldene Pokal wurde in der Mitte des Tisches platziert.

Mehrere Hunde liefen frei umher und Lysan hatte ihren Spaß, ihnen beim Herumtollen zuzusehen. Ein großer, spindeldürrer Kellner, bei dessen Anblick Wulf befürchtete, dass er jeden Augenblick in der Mitte zusammenklappen würde, servierte die Getränke. Wulf unterhielt sich mit seinem Nachbarn, der sich als Gate vorstellte und der Hauptschiedsrichter des Spiels und im Hauptberuf oberster Lordrichter der Insel war, angeregt über die Partie. Derweil spielte Lysan mit einem zutraulichen kleinen Terrier, der sie offensichtlich in sein Herz geschlossen hatte. Immer wieder sprang der kleine weiße Wirbelwind zu ihr, leckte ihre Hand, ließ sich hinter den Ohren kraulen und über den Rücken streicheln.

„Ah. Da kommt das Essen", bemerkte Arton nach einer Weile und zum Kellner gewandt: „Zuerst unsere Ehrengäste."

Der Kellner stellte einen Teller mit mehreren Scheiben Fleisch vor Lysan. Den großen Korb Brot, den er in der anderen Hand hielt, stellte er in die Mitte des Tisches, damit sich alle bedienen konnten. Dann beeilte er sich, das Essen für die Übrigen zu holen. Lysan wollte höflich mit dem Essen warten, bis alle am Tisch versorgt waren und spielte weiter mit dem kleinen Terrier. Der Kleine war allerliebst. Er lief hinter dem Stöckchen her, das Lysan auf die Wiese hinter dem Festplatz warf und brachte es zurück, sprang aufgeregt hoch, als Lysan das Stöckchen hoch in der Luft hielt und dann plötzlich setzte er sich vor sie und blickte sie mit großen, bettelnden Augen an, den Kopf schräg zur Seite geneigt.

Lysan lachte. „Du kleiner Bettler. Du weißt genau, wie du mich rumkriegen kannst." Sie schnitt ein Stück ihres Bratens ab und warf es einige Meter weit weg, wobei sie darauf achtete, dass es nicht bemerkt wurde. Sie wollte ihre Gastgeber nicht verärgern und wusste nicht, wie sie das Füttern des Hundes mit dem Festtagsbraten aufnehmen würden.

Augenblicklich sprang der Terrier auf und rannte, aufgeregt mit dem Schwanz wedelnd, auf das Bratenstück zu. Mit einem einzigen Happs war es verschwunden. Er lief zu Lysan zurück und blickte sie erwartungsvoll an.

„Nichts da, du Vielfraß. Den Rest möchte ich selbst essen", lachte Ly.

Mittlerweile hatten alle ihr Essen bekommen und Arton erhob sich, um eine Ansprache zu halten.

Der Hund neben Lysan winselte leise.

„Bist du wohl still!", flüsterte Ly. Doch der kleine Terrier winselte immer lauter. Arton hatte mit seiner Rede begonnen, von der Lysan, außer ihrem Namen, nichts verstand.

Der kleine Hund war jetzt ruhig. Lysan beugte sich zu ihm, um ihn zu loben und schrie entsetzt auf. Das Tier lag zitternd und sich in Krämpfen windend auf dem Boden. Aus seinem Maul quoll Schaum und Speichel tropfte auf den Rasen.

Von ihrem Schrei alarmiert, unterbrach Arton seine Rede und sah irritiert zu ihr herüber. Wulf, der neben Lysan Platz genommen hatte, erfasste die Situation als Erster.

„Nichts essen!", schrie er. „Das Essen ist vergiftet!" Er schlug Bent das Stück Braten aus der Hand, das dieser sich gerade in den Mund schieben wollte.

Zunächst war es totenstill. Niemand bewegte sich. „Alles abriegeln!" Arton hatte sich gefasst. „Niemand verlässt seinen Platz!" Hinter Lysan bauten sich auf Artons Geheiß die Leibwächter auf. Ly stand unter Schock. Zwei Mal innerhalb weniger Stunden hatte man versucht, sie umzubringen und nun schreckte der Attentäter noch nicht einmal vor einem Massenmord zurück.

Sie schreckte aus ihren Gedanken auf, als von der Mitte des Festplatzes, dort wo die drei Feuer brannten, über denen die Ochsen geröstet wurden, Schreie zu ihr herüber drangen.

Ein Hüne von einem Mann, bekleidet mit weiten, blauen Gewändern, wie sie ein Fischer trägt, stolperte in ihre Richtung. Schaum trat aus seinem Mund hervor und seine blutunterlaufenen Augen stierten sie an. In seiner zitternden, hoch erhobenen Hand hielt er ein langes, scharfes Messer, mit dem er vorher noch Fleischstücke aus den gerösteten Tieren geschnitten hatte. Fett tropfte vom Messer auf sein fleckiges Hemd, als er, mühsam einen Schritt vor den anderen setzend, immer näher kam.

Niemand rührte sich. Alle starrten vor Entsetzen auf das grausige Bild, das sich ihnen bot. Immer weiter stolperte der von Schmerzen geschüttelte Mann auf den Tisch der Ehrengäste zu. Und dann reagierten Lysans Leibwächter. Gleichzeitig feuerten sie vier Feuerkugeln auf den Attentäter. Innerhalb eines Sekundenbruchteils verwandelte er sich in ein kleines Häufchen Asche, die der Wind, der von der See stetig heranwehte, sofort davontrug.

Bent hielt die Gabel, auf der das Fleischstück gesteckt hatte, immer noch ungläubig in seiner zitternden Hand. Langsam ließ er sie auf seinen Teller sinken, seinen Blick weiterhin auf die Stelle gerichtet, an der der Mann vor wenigen Augenblicken noch gestanden hatte.

„Also kein Braten. Na ja, Eda hat sowieso gesagt, dass zuviel Fleisch nicht besonders gesund ist. Aber … Ob sie das hier gemeint hat?", versuchte er zu scherzen. Jedoch war niemand in der Stimmung, zu lachen.

Wulf sah, dass die ersten Inselbewohner sich aufmachten, zu ihren Häusern zurück zu kehren. Die Feier hatte ein abruptes Ende gefunden. Lysan wurde, von einem Pulk Leibwächter umringt, zu ihrem Quartier gebracht. Die übrigen Mitglieder der Gruppe folgten schweigend.

„Du bleibst so lange im Haus, bis wir dich zur Inselmitte bringen. Ich denke nicht, dass dir noch weiter Gefahr droht, aber wir wollen nichts riskieren."

Arton führte sie in einen gemütlichen Aufenthaltsraum, der mit kleinen Tischen und Stühlen ausgestattet war. Jeder Tisch war mit einem karierten Deckchen und kunstvoll hergestellten Vasen mit bunten Blumen darin dekoriert. Ein gemauerter Kamin in der rechten Ecke des Raumes verbreitete eine behagliche Wärme. Wenn die beiden   Attentatsversuche nicht gewesen wären, hätte sich Lysan hier sehr wohl fühlen können. Mit einem Seufzen setzte sie sich auf den Stuhl, den Wu ihr zurecht geschoben hatte. Die übrigen Gefährten setzten sich ebenfalls. Der Schock über die beiden Mordversuche war in ihren Gesichtern abzulesen. Arton nahm Wulf zur

Seite. „Ich habe Anweisung gegeben, dass eure Pferde gesattelt werden. Kurz vor Sonnenuntergang können wir uns auf den Weg machen. Ich selbst werde euch begleiten, genauso wie fünf unserer besten Magier."

Zwei Frauen betraten den Raum und stellten große Teller mit belegten Broten auf die Tische.

Niemand rührte das Essen an.

Meon – Hel

Langsam kam das Land in Sicht. Hel konnte es kaum erwarten, wieder festen Boden unter den Füßen zu spüren. Das Meer war nichts für ihn. Er war zwar nicht seekrank geworden wie einige seiner Begleiter, aber er fühlte sich eingeengt, hilflos. Gefühle, die ihm gar nicht behagten. Er war es gewohnt, stets selbst entscheiden zu können, wohin er sich wenden wollte. Hier, auf diesen wenigen Metern, die ihm zur Verfügung standen, konnte er sich im Falle eines Angriffs kaum bewegen. Nicht, dass ein Angriff zu befürchten war. Man hatte ihn aber erzogen, immer mit allem zu rechnen.

Das Schiff näherte sich dem Hafenbecken, als die Sonne schon dabei war, unter zu gehen. Er trieb seine Leute an, das Schiff so schnell wie möglich zu verlassen. Er wollte mit dem hiesigen Vertreter der Grauen sprechen. Wollte endlich wissen, was gegen das Mädchen unternommen worden war.

Licht

Lysan saß tief gebeugt auf dem Rücken ihres Rappen. In schnellem Galopp näherte sich die Gruppe der Inselmitte. Schon von weitem konnten sie ein mystisches Leuchten auf einem Hügel erkennen. Arton hatte Recht. Sie brauchten nicht lange, um ihr Ziel zu erreichen.

Am Fuße des Hügels hielten sie an und stiegen von ihren Pferden. Zwei Magier kümmerten sich um die Tiere. Steff legte beruhigend eine Hand auf Lysans Schulter. „Du musst keine Angst haben. Ich war selbst im Licht und mir ist nichts geschehen. Dort oben wirst du erfahren, wie du die Grauen entmachten kannst."

Lysan sah sich zu Wu um, der ihr aufmunternd zunickte. Ly atmete tief durch und schritt langsam den Hügel hinauf. Ihr kam es vor, als wenn das Gras hier üppiger wuchs, als sie es bisher auf der Insel wahrgenommen hatte. Es war, trotz der frühen Nachtzeit, angenehm warm. Je näher sie dem

Licht kam, umso geborgener fühlte sich. Es kam ihr vor, als würde sie endlich dorthin kommen, wo sie schon immer hätte sein sollen. Alle Angst war von ihr gewichen. Mit einem Lächeln betrat sie die Lichtsäule.   Von gleißendem Licht geblendet, konnte sie zunächst nichts erkennen. Ein leises Rauschen drang an ihre Ohren, dann ein Wispern. Stimmen, die ihr merkwürdig vertraut vorkamen. Stimmen, die leise ihren Namen sprachen.

„Hallo!", rief sie. Langsam gewöhnten sich ihre Augen an die Helligkeit und sie konnte die Umrisse von vier Gestalten erkennen, die langsam auf sie zu schwebten. „Wer seid ihr?"

„Wir sind die, die das gleiche Schicksal zu tragen hatten, wie du. Die Wolke wird also wieder einmal auf ihre Bahn geschickt."

„Die Wolke?", fragte Lysan erstaunt.

„Wie viele Male zuvor, hat sich eine Wolke um die Erde gelegt", erklärte eine der Gestalten. „Sie verändert die Welt. Sie verändert die Menschen. Die, die gut sind, erhalten Kräfte, die nur Gutes bewirken. Die, die schlecht sind, erhalten Kräfte, die nur Böses bewirken. Die Schlechtesten unter den Menschen werden durch die Wolke blutrünstige

Monster, denen jedes Menschliche abhandengekommen ist. Die Wolke verweilt hier etwa eintausend Jahre. Dann erschafft sie eine Weißmagierin, der sie große Kräfte überträgt. Diese ist dann in der Lage dafür zu sorgen, dass sie sich wieder von der Erde löst und sich auf ihre immerwährende Bahn begibt, bis sie sich erneut um den Planeten legen wird. Stets sind die Bösen unter den Magiern bestrebt, den Fortzug der Wolke zu verhindern, damit ihnen die Magie und ihre Macht über die Menschen erhalten bleibt."

„Warum wurde ich denn ausgewählt? Mir wurde berichtet, dass man schon vor meiner Geburt großes magisches Potential an mir festgestellt hat. Warum ausgerechnet ich?"

„Niemand weiß, warum die Wolke eine bestimmte Person aussucht. Nur der Zeitpunkt scheint festzustehen. Wenn die Wolke eintausend Jahre die Erde heimgesucht hat, wird das Mädchen geboren, das sie vertreibt. Stirbt das Kind, bevor es seine Aufgabe erfüllt hat, wird ein Neues mit außergewöhnlichen Fähigkeiten geboren. Das geschieht so lange, bis die Wolke wieder entschwunden ist", erklärte ein Schattenwesen.

„Wir sind hier, um dir zu erklären, was du zu tun hast, was jede von uns schon in früheren Zeiten machen musste", flüsterte ein weiterer Schatten.

„Du musst an den Ort gehen, den wir dir gleich zeigen werden. Wenn du das Licht verlässt, wirst du wissen, wie du dorthin gelangen kannst. Dort angekommen, errichtest du einen Kreis aus Steinen. Schau, wir zeigen dir, wie er aussehen muss."

Das Bild einer großen, weiten Wiesenfläche erschien in ihren Gedanken. Rechteckig behauene Steine streckten sich dem Himmel entgegen. Abgedeckt waren sie mit weiteren langen, behauenen Steinen. Es handelte sich offensichtlich um neu errichtete Steingebilde. Zur Mitte hin erkannte sie ähnliche Objekte, die aber zum größten Teil verwittert und umgestürzt waren. Im Zentrum der Anlage lag ein flacher Stein in den Boden gebettet. Lysan wurde der Weg zum Platz des Rituals gezeigt.

„Wenn du mit deinen Freunden das Ziel erreicht hast, müsst ihr sofort einen Graben um das Gebiet errichten. Die Wolke wird dann dafür sorgen, dass keine weiteren Kreaturen hineingelangen können.

Keine Magie gelangt herein, keine heraus. Beeilt Euch, Eure Aufgaben zu erfüllen. Am Morgen der Sommersonnwende musst du auf dem Stein der Wolke im Zentrum stehen. Sobald die Strahlen der Sonne dich berühren, werden all deine Kräfte freigesetzt und der Wolke entgegen geschleudert. Dann ist die Welt frei. Frei, bis sie erneut von ihr umfangen wird. Jetzt geht. Es liegt noch ein weiter, gefährlicher Weg vor dir und den Deinen."

Das Licht erlosch. Lysan stand in fast absoluter Finsternis, lediglich Millionen Sterne am Firmament und eine dünne Mondsichel spendeten ein wenig Licht. Sie blickte hoch zu ihnen. Irgendwo dort oben war die Wolke. Es war ihr, als spüre sie ihre Präsenz. Ein Schauer lief ihr den Rücken hinunter. Lysan ging zu ihren Freunden zurück, die gerade dabei waren, Pechfackeln zu entzünden.

„Ly! Du bist ja schon zurück." Wu stürmte auf sie zu und schloss sie in seine Arme. „Das Leuchten war plötzlich verschwunden, kaum, dass du darin eingetaucht bist. Wir mussten Fackeln entzünden, damit wir überhaupt etwas sehen konnten. Warum ist das so schnell gegangen? War niemand im Leuchten?" Auch die anderen umringten sie nun neugierig und beleuchteten mit ihren Fackeln Lysans ernstes Gesicht.

„Doch, es war jemand darin. Ich weiß jetzt, was ich zu tun habe. Ich weiß, wohin wir gehen müssen. Zunächst müssen wir nach England. Wir werden einen großen Bogen an der Küste entlang segeln, da die Grauen überall ihre Posten haben. Danach geht es mit den Pferden weiter." Sie drehte sich zu Arton und sprach ihn in englischer Sprache an. „Wann können wir lossegeln? Wir haben nur wenig Zeit." „Im Hafen liegen fünf segelbereite Schiffe. Es müssen eigentlich nur noch etwas Proviant und die Pferde darauf verstaut werden." Arton runzelte seine Stirn. „Seit wann beherrscht

du unsere Sprache?" „Ich… Ich habe keine Ahnung, warum ich sie plötzlich sprechen kann. Die
Frauen im Licht… Sie müssen mir die Fähigkeit
gegeben haben." „Ly. Was redest du da? Ich verstehe kein Wort." Wu hielt sie immer noch in seinen Armen. Lysan dreht sich zu ihren Reisegefährten und erklärte ihnen ihre neue Fähigkeit.

„Dann sollten wir schnellstens in unser Hotel
zurück und uns noch etwas ausruhen. Wir haben
eine anstrengende und gefährliche Reise vor uns."
Wulf nahm die Zügel seines Pferdes und saß auf.
In schnellem Galopp ritt er zurück. Die anderen
folgten ihm.

Binnen kürzester Zeit hatten sie das Hotel erreicht und begaben sich zu Bett. Jeder hing seinen
Gedanken nach doch keiner von ihnen schlief in
dieser letzten Nacht auf der Ile of White.

Meon – Ankunft

Hel sprang an Land, noch bevor das kleine
Boot, das ihn ans Ufer bringen sollte, festgemacht
war. Er stürmte auf Ten zu, der würdevoll neben
einer zweispännigen Pferdekutsche auf ihn wartete.

„Ich grüße Euch, hoher Grauer", begann Ten. Doch Hel schnitt ihm das Wort mit einer herablassenden Handbewegung ab.

„Für so etwas haben wir keine Zeit. Was ist mit dem Mädchen? Was wurde gegen sie unternommen?" „Sie befindet sich auf einer Insel im Süden. Leider sind wir nicht in der Lage, die Insel zu betreten. Sie wird von einer Nebelbank umgeben, die wir nicht durchdringen können. Auch Dendraks können nicht hindurch. Ich habe zwei Attentäter auf die Insel geschleust, die sich unabhängig voneinander die Kleine vornehmen sollen. Bis jetzt habe ich aber noch keine Nachricht. Und sollten die versagen, gibt's noch eine Überraschung. Kommt erst einmal mit in die Burg von Meon und ruht Euch aus. Ich werde Euch sofort verständigen, sobald es Neuigkeiten gibt." Hel folgte Ten zur Kutsche.

England

Wulf kontrollierte noch einmal die Ausrüstung, die an der Anlegestelle aufgeschichtet lag. Die Inselbewohner hatten sich recht großzügig gezeigt. Alle Reisenden waren neu eingekleidet worden, so dass die mittlerweile zerschlissene

Kleidung hier zurückgelassen werden konnte. Auch große Mengen an Proviant hatte man ihnen zur Verfügung gestellt.

Arton hatte sich angeboten, sie zu begleiten. Aber Wulf hatte dankend abgelehnt. Arton mochte zwar ein großer Magier sein, allerdings sprach sein Alter und die damit einhergehenden Gebrechen gegen eine Reise. Stattdessen würden fünf jüngere Weißmagier sie begleiten.

So näherte er sich nun, zusammen mit der gesamten Ratsgruppe und, wie es schien, der Hälfte der Inselbevölkerung, dem Pier, um die Reisenden zu verabschieden.

Es war eine rührende Abschiedsszene. Alle Hoffnungen der freien Weißen und Menschen ruhte auf ihnen. Schnell wurde das Gepäck und die fünfzehn Pferde auf die Schiffe verladen und mit einer kräftigen ablandigen Brise stachen sie in See.

Bereits nach wenigen Minuten erreichten sie die Nebelbank, die eine sichere Barriere gegen die Grauen und Dendraks darstellte.

Sie hatten sich entschlossen, eine südliche Route zu nehmen und dann in einem weiten Bogen westlich zu segeln, um den an Land lauernden Grauen zu entgehen. Der Wind stand gut und sie kamen schnell voran. Noch bevor die Sonne untergegangen war, hatten sie die südwestliche Landzunge Englands umrundet.

Dunkelheit legte sich über den Ozean. Millionen Sterne beleuchteten schwach die Flotte der Weißen. Man hatte keine Positionslichter entzündet, damit sie von Land nicht ausgemacht werden konnte. Sie selbst sahen aber an der entfernten Küste unzählige Lagerfeuer, die sich wie eine brennende Kette aneinander reihten.

Ein Weißer reichte Becher mit dampfendem Tee, der dankbar angenommen wurde. Wulf beobachtete aufmerksam die Küste, während er an dem heißen Getränk nippte. Langsam machte sich eine bleierne Müdigkeit in ihm breit. Immer wieder schlossen sich seine Lider und er musste große Kraft aufbringen, um die Augen wieder zu öffnen. Der Becher in seiner Hand wurde schwerer und schwerer. Fast wäre er ins Reich der Träume hinüber geglitten, als ihn ein Poltern aus seinen warmen, weichen Gedanken riss.

Irritiert blickte er sich um.

Die gesamte Schiffsbesatzung lag zusammengekauert auf dem Deck. Selbst der Rudergänger lag, tief schlafend, über das Steuerrad gebeugt und schnarchte friedlich.

Wulf versuchte krampfhaft wach zu bleiben. Doch die Müdigkeit übermannte ihn. Er sah gerade noch, dass sich ein Dutzend kleine Boote vom Ufer näherten, als er auch schon auf das Deck sank und das Bewusstsein verlor.

Sein Kopf fühlte sich an, als wenn er mit einem Presslufthammer bearbeitet würde. Stöhnend öffnete er die Augen und blickte sich mit sichtbarer Mühe um. Dämmerlicht umgab ihn, so dass er nur Umrisse von mehreren anderen Personen erkennen konnte. Sie befanden sich in einem hohen, aus grob behauenen Steinen gemauerten, Raum. Offenbar waren die Besatzungen aller Schiffe hier untergebracht. Er spürte eine Bewegung neben sich und versuchte den Kopf in diese Richtung zu drehen. Ein heftiger Schmerz durchzuckte ihn. Seine Hände tasteten in Richtung seines Halses. Man hatte ihn offenbar mit einem eisernen Ring und einer kurzen Kette an der Wand befestigt.

Wulf konzentrierte sich auf den Eisenstift, der den Ring zusammen hielt und versuchte so, den Ring zu öffnen.

Nichts geschah.

„Das habe ich auch schon versucht", erklärte Wu, der dicht neben Wulf angekettet war. „Sieh dir das an. Da sind Zeichen in die Ringe eingraviert. Ich habe das schon mit den anderen diskutiert. Wir vermuten, dass es magische Zeichen sind, die unsere Magie unterdrücken."

„Das ist möglich. So etwas habe ich vor Jahren schon einmal gesehen."

Wulf betrachtete die Zeichen auf Wus Halsring. „Mit Magie kommen wir nicht weiter."

Die Person neben Wulf erwachte nun auch und stöhnte herzerweichend.

„Bent, wie fühlst du dich?" Wulf sah ihn besorgt an. „Als wenn ich hinter einem Pferd her geschleift worden wäre", antwortete Bent und versuchte sich gerade hinzusetzen. „Was ist hier los? Und, wo sind wir?"

„Wir sind hier vermutlich in einer Burg der Grauen. Das Wasser, mit dem wir den Tee zubereitet haben, war vergiftet. Mit Magie können wir nicht ausbrechen. Die Ringe um unsere Hälse lassen Magie nicht zu." „Hm ... Magie wirkt also nicht." Bent überlegte. Dann führte er die Hände zu seinem Hals und legte die Finger um den Ring.

Er atmete mehrmals tief ein. Dann spannte er seine Muskeln und zog die Hände, so fest er nur konnte, auseinander.

„Weiter! Mach weiter, Bent. Der Stift ist schon ganz krumm." Wu feuerte seinen Adoptivvater an.

Bent entspannte kurz und begann wieder, dass Eisen auseinander zu ziehen. Vier Anläufe benötigte er, dann flog der Metallstift mit einem lauten Klirren in die Ecke ihrer Zelle.

Bent schloss für einen kurzen Augenblick die Augen, dann drehte er sich zu Wulf.

„Du bist der nächste. Kann wehtun, geht aber nicht anders."

Bent benötigte volle zwanzig Minuten, um Wulf zu befreien.

„Danke, mein Freund. Den Rest übernehme ich." Wulf konnte nun Magie wirken. Binnen kürzester Zeit waren alle Gefangenen von ihren Halsfesseln befreit.

„Kannst du dir vorstellen, warum die mich nicht sofort umgebracht haben?" Lysan war sehr blass, aber gefasst.

„Ich weiß es nicht. Aber wir können später darüber nachdenken. Erst einmal müssen wir aus der Burg verschwinden." Er untersuchte mit seinen feinen, nun nicht mehr eingeengten Sinnen die Umgebung. Vor der Tür waren zwei Graue postiert. Wulf erkannte, dass es sich um schwächere Magier handelte, die von ihnen leicht überwältigt werden konnten.

Die Zelle lag im Kellerbereich eines Turmes an der Außenseite einer relativ kleinen Burg. Weitere Graue erspürte er im Hauptbereich der Burg. Im Freien befanden sich nur Nichtmagier.

„Seid ruhig!", flüsterte Wulf. „Vor der Tür sind nur zwei Graue. Hennig, du übernimmst den rechts neben der Tür, ich den anderen." Hennig nickte. Leise, um die Wachen nicht auf sich aufmerksam zu machen schlichen beide zur Tür und konzentrierten sich auf ihre Magie. Auf Wulfs Zeichen hin, schossen zwei gelb leuchtende Blitze aus reiner, weißer Magie auf die Wände, hinter denen die Wachen gelangweilt auf ihrem Posten standen. Augenblicke später hörte man die beiden Wachen auf den Boden stürzen. Es bereitete den Gefährten keine Schwierigkeiten, die schwere Eichentür zu öffnen.

Leise und vorsichtig schlichen sie auf den Gang und blickten sich unschlüssig um. Wohin sollten sie sich wenden? Wo war der Ausgang aus diesem Verlies?

Der dämmerige Gang, in dem sie aneinander gedrängt standen, führte jeweils zehn Meter in beide Richtungen und bog dann nach links ab. Sie entschlossen sich, es zunächst auf der rechten Seite zu versuchen. Wulf gab Anweisung, Lysan in die Mitte zu nehmen. Er selbst ging voraus. Sein Schatten schien durch die flackernden Fackeln an den steinernen Wänden ein Eigenleben zu entwickeln. Lysan lief ein eiskalter Schauer über den Rücken, als sie das schaurige Abbild erblickte.

Am Ende des Ganges blieb Wulf stehen und sah vorsichtig um die Ecke.

Eine in den Jahrhunderten ausgetretene, steinerne Treppe führte empor. Am Ende befand sich eine weitere Eichentür. Mit einem kurzen Winken seiner Hand, wies er seine Gefährten an, ihm zu folgen. Seine feinen Sinne suchten nach schwarzer Magie. Sie war reichlich vorhanden, aber die Träger befanden sich zum großen Teil im Hauptgebäude. Nur drei Graue hielten sich im Freien auf. Wulf gelang es, in den Geist eines der Magier einzudringen. Was er las, ließ ihn zur Eile drängen. Man erwartete in Kürze einen starken Grauen vom Festland. Lysan und ihre Gefährten waren noch nicht getötet worden, um ihm selbst die Gelegenheit dazu zu geben.

Die Eichentür ließ sich geräuschlos öffnen. Vorsichtig blickte Wulf am Holz vorbei. Es war noch hell, aber die Sonne stand schon tief am Himmel.

Draußen herrschte reges Treiben. Fuhrwerk um Fuhrwerk wurde von den Bauern der Umgebung in die Burganlage gefahren. Alle Wagen waren hoch beladen. Zu Ehren des hohen Grauen war ein großes Fest geplant. Und, wie Wulf in seinen Gedanken ergänzte, zur Feier ihres Todes. Er beobachtete einen Arbeiter, der unweit Weidenkörbe mit Kohl von einem Wagen hob, die Körbe in ein nahes, niedriges Haus trug und Augenblicke später mit den leeren Körben zurückkehrte. Der Wagen war fast entladen und die leeren Körbe standen zum Aufladen bereit. Auch drei weitere Ochsenkarren waren fast zur Abfahrt bereit. Wulf kam eine Idee. Das war ihre Chance, die Burg zu verlassen. Er schloss leise die Tür.

„Ich habe eine Möglichkeit entdeckt, die Burg zu verlassen. Es wird im Augenblick viel Ware aus den umliegenden Dörfern hierher gebracht. Das Meiste wird in großen Körben transportiert. Wir sollten versuchen, uns in den geleerten Körben zu verstecken. Es wird nicht einfach und wir brauchen eine gehörige Portion Glück. Ich sehe aber keine andere Chance. Wollen wir es versuchen?" Er sah seine Gefährten fragend an. Sie sahen besorgt aus, nickten aber zustimmend. „Dann los. Schlendert so unauffällig wie möglich zu den Wagen. Geht immer paarweise. Wir treffen uns dann außerhalb der Burg." Wulf fasste Lysan bei der Hand und spazierte langsam auf den ersten Wagen zu, der soeben wieder mit leeren Körben beladen wurde. Wu und Hennig gingen, wie gelangweilt, einige Schritte hinter ihnen. Als der Bauer wieder in der nahen Hütte verschwand, um weitere leere Körbe zu holen, sprangen sie auf den Karren und versteckten sich.

Bereits wenige Minuten später setzte sich der Karren in Bewegung.

Es wurde dunkler. Doch Wulf vermutete, dass die Dendraks erst später aus ihren Behausungen freigelassen wurden, um den Bauern einen gefahrlosen Heimweg zu garantieren. Er konnte sich vorstellen, dass dem Bauern, der den Karren fuhr, trotzdem nicht wohl war, sich um diese späte Tageszeit außerhalb seines sicheren Hauses aufzuhalten.

Durch die geflochtenen Äste der Weide, unter denen er sein Versteck gefunden hatte, sah er am dunklen Himmel die ersten Sterne leuchten. Dann hielt der Karren an. Die eiligen Schritte des Bauern, der die Ochsen aus ihren Geschirren ausspannte, drangen gedämpft zu ihm. Das war die Gelegenheit, ihr Versteck zu verlassen.

Wulf wartete ab. Bis sich die Schritte entfernten, rief ein kurzes, leises „Los" und schlüpfte aus seinem Versteck.

Kurz blickte er sich um. Der Bauer wandte ihnen immer noch seinen Rücken zu. Er bedeutete Wu und Ly, ihm zu folgen und rannte geduckt hinter den Brunnen, der in der Mitte eines, mit hohen Holzpalisaden befriedeten, Geländes stand. Das Tor stand noch weit offen. Gebückt, und bemüht, sehr leise zu sein, rannten sie auf den nahen Buchenhain zu und duckten sich dahinter.

„Wir müssen abwarten, bis die anderen hier sind. Unser Karren ist als erster losgefahren. Bleibt ruhig", mahnte er die beiden. Angespannt warteten sie auf die Gefährten. Es war fast Mitternacht, als der letzte Karren auf den Hof fuhr. Minuten später waren sie wieder vereint.

„Schnell. Folgt mir. Es ist nicht mehr weit", flüsterte Lysan, die sich bisher ruhig verhalten hatte. „Wir müssen nach Süden."

Sie schritt sicher durch die Dunkelheit. Niemand stellte eine Frage. Allen war bewusst, dass hier hohe Magie gewirkt wurde. Allein Wulf ließ seine Sinne durch die Umgebung gleiten, um mögliche Gefahren erkennen zu können. Aber in weitem Rund war keine Magie zu erspüren.

Stunde um Stunde liefen sie über Wiesen und Felder. Lediglich an einem kleinen Bach legten sie eine kurze Pause ein. Dann stoppte Lysan.

Alle Augen waren auf ihr fiebrig glänzendes Gesicht gerichtet.

„Hier", flüsterte sie fast unhörbar. „Hier ist es. Und wir sind rechtzeitig gekommen. Bleibt in dichtem Kreis um mich. Ich werde einen Graben erstellen, über den keine Magie zu uns dringen kann. Keine Magie der Menschen dringt herein, keine heraus." Langsam hob sie ihre Arme.

Ein leises Summen ertönte, das stetig an Intensität zunahm. Die Luft um die Gefährten schien sich elektrisch aufzuladen. Plötzlich fuhr Lysan herum. Das Phänomen brach ab.

„Sie sind in der Nähe! Die Grauen! Sie wissen, dass ein magischer Kreis errichtet werden soll. Sie werden kurz vor Sonnenaufgang hier sein", keuchte Lysan verzweifelt. „Sie müssen aufgehalten werden. Sobald die Sonne aufgegangen ist, muss der neue Steinkreis errichtet sein und ich auf dem Altarstein stehen. Was soll ich tun?" Fragend blickte sie in die Runde. Wulf überlegte. Er hatte in der Zeit vor der Umwandlung einiges über Stonehenge gelesen.

„Du kannst dich selbst für andere Menschen unsichtbar machen. Gelingt dir das auch mit dem Ort hier?", fragte er Lysan.

„Ich denke schon, dass das geht. Aber, der Anführer der Grauen ist ein sehr starker Magier. Seine Kräfte reichen an meine heran. Ich glaube nicht, dass er sich lange täuschen lässt."

„Er muss nicht lange getäuscht werden. Du willst hier einen Steinkreis errichten. Gut. Wenn dieser Ort hier verborgen ist und in einiger Entfernung ein anderer Kreis errichtet ist, könnte es gelingen, ihn für eine gewisse Zeit abzulenken. Vielleicht so lange, bis die Sonne aufgeht. Was meinst du?" Lysan dachte nach.

„Das könnte funktionieren. Allerdings werde ich den zweiten Kreis nicht aus den magischen Steinen bauen. Die werden für zukünftige Generationen gebraucht. Die Grauen wissen nur von einem Kreis. Nicht, dass er aus Stein gebaut ist. Ich werde Holzpflöcke nehmen. Wenn ich die Pflöcke mit Magie umgebe, können die Grauen nicht sehen, ob sich jemand innerhalb des Kreises befindet. Die Vernichtung des Kreises könnte sie lange genug aufhalten." Lysan schloss wieder die Augen und konzentrierte sich.

Pflock um Pflock bildete sich in einigen Hundert Metern Entfernung ein Kreis von etwa fünfundzwanzig Metern Durchmesser. Die Luft zwischen den Hölzern flirrte, so dass man nicht hineinsehen konnte.

Dann setzte Lysan ihre Bemühungen um den Graben und den Steinkreis fort. Der Graben wurde tiefer und füllte sich mit Wasser. Nun begann auch die Luft über dem Wassergraben zu flirren. Ein unheimliches Zwielicht erhellte das Areal innerhalb des Grabens.

Bent zuckte deutlich zusammen, als die ersten Monolithen ihren Platz einnahmen. Es dauerte nicht lange und der Steinkreis war vollständig. Noch eine Stunde bis zum Sonnenaufgang.

Zuerst hörten sie Pferde in schnellem Galopp näher kommen. Dann aufgeregte Rufe. Vor dem Glühen zwischen den Holzpflöcken konnten sie dunkle Gestalten erkennen, die sich langsam auf ihre vermeintlichen Opfer zubewegten.

„Los! Sie muss vor Sonnenaufgang tot sein!", hörten sie die tiefe Stimme des Anführers. Dann schossen Feuerkugeln aus allen Richtungen auf den Kreis aus Holz. Binnen kürzester Zeit stand er in Flammen. Das Glimmen von Lysans magischer Illusion fiel in sich zusammen. Einen Augenblick herrschte absolute Stille. Die Gefährten wagten kaum zu atmen.

„Eine List! Der Kreis muss an anderer Stelle sein.

Dort! Ich spüre starke Magie. Folgt mir!"

Die Grauen waren auf dem Weg zu ihnen.

Am Horizont waren die ersten Strahlen der aufgehenden Sonne zu erkennen. Lysan stand mit ausgebreiteten Armen auf dem Altarstein. Als die Strahlen auf Lysan trafen, bildete sich eine strahlend helle Korona um sie, die sogar die Helligkeit der Sonne übertraf.

Die Korona mit Lysan in ihrem Mittelpunkt dehnte sich aus und wurde zu einem leuchtenden Lichtball, der sie vollkommen umhüllte. Dann verharrte das Leuchten, um sich Augenblicke später im Bruchteil einer Sekunde explosionsartig in alle Richtungen zu vergrößern. Die Gefährten mussten ihr Gesicht von Lysan abwenden, um nicht geblendet zu werden. Das Leuchten dehnte sich rasend schnell über den gesamten Erdball aus, durchdrang alle Lebewesen, zog höher und höher, bis es die Wolke, die die Erde seit eintausend Jahren einschloss, erreichte.

Diese reine Energie schob die Wolke weiter und weiter ins All, bis sie sich endlich vom Planeten löste und ihren Weg durch das Universum fortsetzte. Sie zog weiter ihre Bahn, ungehindert von

Naturgesetzen, wie sie es schon seit Urzeiten tat. Die Bahn würde sie in zweitausend Jahren wieder zu diesem Planeten führen. Wieder würde sie lange Zeit hier verharren, bis die neue Auserwählte sie erneut auf ihre Reise schicken würde.

Als das Leuchten keinen Widerstand mehr spürte, zog es sich auf seinen Ursprung zurück und erlosch. Es dauerte einige Augenblicke, bis Wulf wieder etwas sehen konnte.

„Nein!", entfuhr es ihm. So schnell er konnte, rannte er zum Altarstein, auf dem Lysan bis vor wenigen Augenblicken gestanden hatte und sank vor ihren verkohlten Überresten zu Boden.

Tränen rannen über sein Gesicht. „Lysan", flüsterte er.

Unbeschreiblicher Lärm riss ihn aus seinen Gedanken. Direkt neben ihm schlug ein großer Stein in den Boden ein und riss die Grasnarbe auf. Wulf drehte sich um.

Der Anblick, der sich ihm bot, lies ihn das Blut in den Adern gefrieren.

Die Grauen – ihrer Magie beraubt – stürzten sich mit allen Gegenständen, deren sie habhaft wurden, auf die ehemaligen Weißen. Es war ein furchtbares Gemetzel.

Wulf sah seinen Freund Bent mit gespaltenem Schädel zu Boden sinken. Immer mehr Tote,

Angehörige beider Seiten, bedeckten den Boden. Es schien, als ob die Gegner die Oberhand gewinnen würden, als unerwartete Hilfe eintraf. Mit Mistgabeln, Knüppeln und Steinen bewaffnet, stürzten sich die Bauern der Umgebung auf ihre ehemaligen Herren. Die Sonne stand eine Stunde am Himmel, als der Kampf vorbei war.

Von Wulfs Gefährten war niemand mehr am Leben. Auch die ehemaligen Grauen hatten nicht überlebt. Alle Gefühle waren in Wulf erloschen. Es war vorbei. Die Magie existierte nicht mehr. Seine Freunde waren nicht mehr.

Wulf ging mit hängenden Schultern zu Lysans Leiche. Er dachte an die Weissagung, dass sich mit dem Ende der Magie sein Schicksal erfüllen und er endlich Ruhe finden würde. Dass er endlich zu seiner geliebten Doreen heimkehren könne. „Bist du verletzt?" Einer der Bauern war neben ihn getreten und riss ihn aus seinen Erinnerungen. Wulf schüttelte den Kopf.

„Wir werden die Toten hier am äußeren Wall begraben."

Müde blickte Wulf zu dem Sprecher neben ihn. „Woher habt ihr gewusst, dass ihr euch gegen die Grauen wehren könnt?" Wulf sah ihn neugierig an. „Mein Vetter arbeitet in der Burg. Er kam direkt nach Sonnenaufgang ins Dorf und hat berichtet, dass die Dendraks alle tot in ihren Verschlägen liegen. Die Grauen haben versucht, mit

Hilfe von Magie, die Tore zu ihnen zu öffnen. Niemand von ihnen hat mehr über Magie geboten. Alle Arbeiter haben es gesehen. Und sie haben sich für die jahrhundertelangen Grausamkeiten gerächt.

Er erzählte, dass die Grauen euch hierher verfolgt haben. Wir sind sofort aufgebrochen, um euch zu unterstützen." Traurig blickte er in die Runde. „Wir sind aber nicht rechtzeitig gekommen. Es tut mir Leid", murmelte er.

„Diese da", er zeigte auf Lysans Leiche „Ist das die, von der die Grauen sagten, dass sie die Magie vertreiben kann? Vor der sie solche Furcht hatten?" Wulf nickte.

Mittlerweile waren auch die übrigen Bauern zu ihnen getreten.

„Wir werden ihr ein würdiges Begräbnis bereiten. Zoe. Lauf in die Burg. Nimm Clear mit. Holt den Schmuck der Burgherrin. Und die besten Decken und Teppiche, die ihr finden könnt. Nehmt die Pferde der

Grauen. Dann seid ihr schneller wieder hier."

Die beiden Frauen machten sich sofort auf den Weg.

In der Zwischenzeit zeigte Wulf den Bauern die Leichen seiner Gefährten. Sie sollten ebenfalls ein ehrenvolles Begräbnis erhalten. Frauen aus dem Dorf brachten Holztröge mit Wasser, dem

Kamillenessenz beigefügt war und sie begannen, die Leichen zu waschen.

Die beiden Frauen waren zur Mittagszeit zurückgekehrt. Mit ihnen erschienen mehrere Hundert Menschen, die ihren Befreiern die letzte Ehre erweisen wollten. Zwei Pferdegespanne voll mit wertvollen Tüchern, Teppichen und Schmuck wurden neben die aufgebahrten Leichen gefahren.

Lysans verkohlte Leiche wurde mit goldenen Ketten und Ringen geschmückt und dann mit feinen, roten Tüchern bedeckt. Auch die übrigen ehemaligen Weißen erhielten Schmuck und bunte Laken. Dann wurden die Gruben, die in einem Kreis um Stonehenge ausgehoben worden waren, mit Teppichen ausgekleidet. Hier fanden sie ihre letzte Ruhestätte. Die Leichen der Unterdrücker begrub man ohne Beigaben. Aber auch ihre toten Körper wurden mit Respekt behandelt.

Eine neue Zeit war angebrochen. Man wollte das Alte vergessen.

Als die Sonne sich dem Horizont näherte, war die Arbeit an dieser Stätte der Hoffnung und des Grauens beendet.

Die Bauern kehrten auf ihre Höfe zurück. Sie hatten es nicht eilig. Keine blutrünstigen Bestien würden ihnen mehr auflauern.

Man hatte Wulf angeboten, sie zu begleiten. Er nahm dankbar an.

Er war müde. So unsagbar müde.

Als man ihm eine Kammer zeigte, in der er die Nacht verbringen konnte, legte er sich sofort schlafen.

Epilog

Wulf drehte sich auf seinem Lager. Er wusste, dass er bald aufstehen musste, aber sein Schlafplatz kam ihm heute so warm und weich vor, wie er es schon sehr, sehr lange nicht erlebt hatte. Er wollte dieses Gefühl so lange wie nur möglich auskosten. Durch die geschlossenen Lider bemerkte er, dass es bereits hell war, aber er konnte sich einfach nicht überwinden, die Augen zu öffnen.

„Liebling, aufwachen!"

Das konnte nicht sein. Er träumte immer noch.

„Hallo, du Schlafmütze! Raus aus den Federn!"

Diese Stimme … Diese vertraute, geliebte Stimme … „Na komm. Ich merke doch, dass du nicht mehr schläfst. Wir haben heute viel vor. Der Ultraschall…. Huhu! Du wirst heute unser Baby sehen. Also auf!"

Wulf öffnete vollkommen entgeistert seine Augen. Da saß sie im Bett neben ihm. Seine Doreen. Aber, wie war das möglich? Egal. Wulf nahm seine Frau liebevoll in die Arme und zog sie zurück aufs Kopfkissen.

„Ich liebe dich. Ich liebe dich über alles", murmelte er und küsste sie leidenschaftlich.

„Ich liebe dich auch, du großer, müder Brummbär", flüsterte Doreen, als er ihre Lippen für einen Augenblick freigab. „Aber wir müssen jetzt wirklich aufstehen." Sie drehte ihren Kopf, sodass sie den Wecker auf ihrem Nachttisch sehen konnte. „Oje, wir haben wohl einen Stromausfall. Der Wecker ist genau um zwei Uhr in der Früh stehen geblieben."

Wulf erstarrte…

ÜBER DIE AUTORIN

Barbara Wegener ist 1959 in Gelsenkirchen geboren, verheiratet und hat einen Sohn. Sie ist gelernte Rechtsanwaltsfachangestellte und lebt in Mecklenburg-Vorpommern. Mit dem Schreiben von Kurzgeschichten begann sie schon während ihrer
Schulzeit, den ersten Roman stellte sie im Jahre 2000 fertig. Seit 2011 ist sie als freiberufliche Autorin für die Chichili Agency tätig.
Ihr Sujet ist Fantasy in allen Ausprägungen. Ihre Kurzgeschichte "The Time After" wurde im Jahr 2013 und ihre Kurzgeschichte „New Eden" im Jahr 2014 in der Kategorie: Beste deutschsprachige Kurzgeschichte, für den Deutschen Phantastik Preis nominiert.